離縁された妻ですが、
旦那様は本当の力を知らなかったようですね？

魔道具師として自立を目指します！

リアム
ヴィフレア王国第二王子にして
宮廷魔術師。
誰にでも冷たい態度だが……？
サーラ
十年間氷漬けにされ、
「柴《しば》田《た》桜《る》衣《い》」として目覚めた令嬢。
魔力を持たないが、前世の知識で
便利な魔道具を作る。
Characters

ニルソン
鍛冶工房
『ニルソン一家』の工房主。
職人気質で誠実な仕事をする。
フラン
王宮から派遣された
サーラのお手伝い。
だが、真の目的は……？
ソニヤ
ノルデン公爵家令嬢。
サーラに代わって
ルーカスの妃となった。
ルーカス
ヴィフレア王国第一王子で
サーラの元夫。
目覚めたサーラを引き留めようとする。

プロローグ

――目覚めたら、旦那様から離縁されていた。

そんなことってある？

「可哀想なサーラ！　離縁されて行き場がないなんて！」

十年前。

結婚式当日、何者かの罠《わな》によって氷の中に閉じ込められた可哀想な令嬢がいた。

その令嬢とは、アールグレーン公爵家の令嬢サーラ。

私のことである。

大勢の令嬢の中から王子様の妃に選ばれて、『王子様と結婚して末永く幸せに暮らしました――めでたし、めでたし』で終わるはずだった結婚。

それが、氷の中に閉じ込められること十年。

目覚めた私を待っていたのは、厳しい現実だった。

実家の両親は氷の中から娘が救われたのに一度も会いに来ないばかりか、結婚に失敗した私を厄介者扱いし、帰ってくるなと言う。

どこにも行くあてはなく、所持金はゼロ。どころか十年前に王宮で使っていたものもすべて、まるっとなくなっていた。

金なし、宿なし、裸《はだか》同然の無一文令嬢。

可哀想と言われるのも仕方のない状況である。

「悪く思わないでね。サーラが氷の中に閉じ込められた後、わたくしがルーカス様の妃に選ばれたの」

私の代わりに第一王子の妃に納まったソニヤは、目を潤《うる》ませて涙をぬぐうふりをした。

十年経ち、私の夫だったルーカス様は新しい妻を迎えていた。

それが目の前にいる女性、ノルデン公爵家の令嬢ソニヤだ。

ソニヤは王立魔術学院で、私やルーカス様と同学年だっただけでなく、幼い頃から私と共に王子の遊び相手として王宮に出入りしていた幼馴染み。

昔から優秀で美人と評判が高かったソニヤだけど、十年後もやっぱり美人で、腰まで伸びた銀髪はよく手入れされており、紫色の瞳はアメジストのようだ。妃となって不動の地位を手にしたからか、美しさに磨きがかかっていた。

一方、私の容姿は十八歳のままで、地味な亜麻色《あまいろ》の髪に青い瞳、小さめ……控えめな胸。

なにより決定的な違いは、私が魔力を持たないということ。

『ヴィフレア王国は魔術師と魔道具師の国』。

そう称されるだけあって、王族と貴族なら誰もが魔力を持つのが普通で、特に王族と四大公爵家の血筋は強い魔力に恵まれることが多い。

だが、私には魔力がない。

四大公爵家の一つアールグレーン公爵家の娘でありながら【魔力なし】として生まれたのだ。両親は魔力のない娘に、魔術師ではなく魔道具師を目指すよう命じた。魔道具を作るのに魔力は必ずしも必要ではないからだ。

とはいえ、魔道具師だって才能の世界。私は王立魔術学院に入学したものの、魔道具師としての成績は平凡で、特別な力にも目覚めず、家族から疎《うと》まれ、できそこないと呼ばれていた。

だから、どれだけ馬鹿にされても黙っているしかなかった。

【魔力なし】で落ちこぼれの私は——

「サーラが氷に閉じ込められて悲しんでいたルーカス様をお慰《なぐさ》めしたのは、わたくしよ。結果的にあなたから妻の座を奪ってしまったけど、許してくれるわよね？」

あたかも自らの献身によって傷心のルーカス様を癒《い》やし、妻に選ばれたように語ってるけど、私は知っている。

結婚前から、二人が付き合っていたことを。

終始、勝ち誇《ほこ》った笑みを浮かべている彼女は、私に対して悪いなんてこれっぽっちも思っていない。

「もちろんだよ。ソニヤが気に病む必要はない」

私が返事をするところのはずが、なぜかルーカス様が答える。

ルーカス様にかばわれたソニヤは満足げな表情を浮かべ、手にした扇子《せんす》でゆっくりあおいだ。

「悪いのはすべて僕だ！」

——ルーカス様、本当にそう思ってますか？

額に手をあてた苦悩のポーズが、なんとも芝居がかっている。

私の元夫、ルーカス様は二十八歳になっても十八歳の頃とあまり変わらず、金髪碧眼《へきがん》、見た目だけはさわやかで、まさに王子様という容姿。性格はともかく見た目だけは無駄にいい。

「サーラ。僕は君を愛していたよ！」

突然、愛の告白が始まった。

ルーカス様の隣にいたソニヤの顔が嫉妬《しっと》でゆがむ。彼女の恐ろしい本性が垣間見《かいまみ》え、背筋が寒くなった。殺意を感じたのは、きっと気のせいじゃない。

「でも、僕は第一王子だ！」

ここが舞台なら、ルーカス様は悲劇のヒーロー。

声を張り上げて言ったセリフは棒読みで、悲しげに目を伏せる姿がわざとらしい。

「愛だけでは、君を待つことはできなかった！」

自分に酔った演技が続く——これ、いつまで眺《なが》めていればいいの？

おかしな演技でも、それなりに見えるのは、やはり容姿がいいからだ。

童顔で少しタレ目の甘めフェイス。自分の魅力をフルに使い、キラキラしたオーラを放ちながら前髪を手で払う。

本物の王子だけあって、おおげさな仕草も違和感がない。

「君が氷に閉じ込められていた期間は十年だ。十年は長すぎる……！」

待てなかったと言うけれど、ルーカス様とソニヤの間には十歳の子供がいる。年齢を考えたら、私との結婚前から関係があったことは明白だ。

でも、ルーカス様とソニヤの堂々とした態度を見る限り、結婚前の浮気について、今まで誰も非難しなかったらしい。

魔力がない私より、優秀なソニヤのほうが妃にふさわしいと、みんなが思っていたからだろう。

私がそんなことを考えている間もルーカス様の芝居は続いていた。

「僕が愛したサーラ！　いつも僕に逆らわなかった優しい君なら、ソニヤを妻に選んだ僕を許してくれるよね？」

冷たい目でルーカス様とソニヤを見る。

二人は私がずっと無言だったことにやっと気づいたらしく、静かになった。

「サーラ？」

ルーカス様が私の様子をうかがう。芝居が終わったのか、おとなしく椅子に座った。

私が呼ばれたのは王宮にある広間の一つ。

ヴィフレア王家は裕福だ。

ルーカス様が座る椅子は見事な獅子《しし》が彫られた美術品クラスのもので、広間の天井には氷柱《つらら》のような飾りがついたシャンデリアが輝いている。

金糸の刺繍《ししゅう》が入った赤いカーテン、大理石の床もゴージャスだった。

舞台としては、最高の場所だったのではないだろうか。

「なにか言ったらどうだ？」

「氷に閉じ込められていたせいで、口がきけなくなったのかしら？」

高みから私を見下ろし、立派な椅子に座る二人とは対照的に、私は立たされたままで、法廷に呼ばれた罪人のような扱いを受けている。

ルーカス様とソニヤは、私が嫉妬《しっと》の末に、なにかしでかすとでも思っているのか、絶対に近寄らない。

――これが十年後の世界。

年齢を重ね、今では私より十歳年上の二十八歳。十年経っても二人の高慢な性格は変わらず、私を馬鹿にしてからかう。

大人になっても変わらなかった二人にがっかりした。

でも、私はまだ十八歳。夫に離縁されたけれど、人生終わりと言うには早すぎる年齢だ。

私には私の人生がある。

自分らしい人生を歩むため、私はここから一歩踏み出して、私を馬鹿にしてきた人たちと別れることから始めたい――

「十年ぶりに再会した皆様、ごきげんよう」

膝《ひざ》を曲げ、スカートの裾《すそ》をつまみ、淑女らしい挨拶をする。

「そして、さようなら。妃でなくなった私が王宮にいる理由はございません。私は王宮から出ていきます」

別れを告げた私にルーカス様は驚き――そして、大笑いした。

「王宮を出てどこへ行くと言うんだ？　魔力すら持たない君が！」

広間にルーカス様の笑い声が反響し、不快なことこの上ない。

私のムッとした顔に気づかず、彼は笑いながら言った。

「サーラ。安心してくれ。僕は君を追い出したりしないよ！　だから、感謝してほしい。僕という優しい元夫にね？」

さっきの芝居の続きなのか、ルーカス様はノリノリで両手を広げ、寛大《かんだい》で優しい元夫を演じる。

私は、それを冷めた目で眺《なが》めていた。

――まさか、自分が優しい夫だなんて、本気で言ってませんよね？

これが演技じゃなくて、本気で言っているのだとしたら、どうしよう。

「とりあえず、侍女でどうかな？」

「まあ、ルーカス様。名案ですこと！」

ルーカス様の提案を聞いて、ソニヤは嬉しそうに手を叩いた。

「そうだろう？　じゃあ、サーラ……」

「お断りします」

考えることなくルーカス様の提案を一蹴《いっしゅう》すると、二人は驚いていた。

――むしろ、驚くあなたたちに私はびっくりですよ。

きっと私が素直に『はい』とうなずいて、言いなりになると思っていたのだろう。

「気弱な君にしては強気な態度だね。でも、王宮を出てどうやって生活していくつもりなのかな？」

私が一人で生きていくのは不可能だと言いたいらしい。

その問いは予想していたから、私の答えは決まっていた。

「ご心配なく。手に職を持ち、自立します」

「落ちこぼれの君が手に職？　無理だよ、無理！　現実を見つめたほうがいいよ？」

ルーカス様は私を落ちこぼれ呼ばわりしたあげく、二回も無理だと言った。

しかも、笑いをこらえるので精一杯らしく、口元に手をあてている。

「実家のアールグレーン公爵家は、君の兄が結婚して妻子がいる。役立たずの出戻り娘がいても邪魔なだけだ」

「実家へ戻るつもりはありません」

「それなら、なおさら僕がいないと生きていけないはずだろう」

私のことを愛していなかったくせに、なぜか今になって引き留めてくるルーカス様。

元妻には『自分を忘れず、永遠に愛していてほしいのさ』というところだろうか。

――だが断る。

「ご心配には及びません」

結婚前に浮気をし、子供を作って裏切っていた夫。妻が氷に閉じ込められても悲しむどころか、すぐに浮気相手と再婚した男である。

なぜそんな男に養ってもらわなくてはならないのか。

召し使い、もしくは都合のいい愛人？

お・こ・と・わ・りです！

「私には魔道具師としての技術と知識があります」

不敵な笑みを浮かべる私を見て、ルーカス様とソニヤが静かになった。

彼らの心の声が聞こえるようだ。

『以前の気弱なサーラと違う？』

――大正解。

この体の中にいる魂《たましい》は、二人が知っているサーラではない。

私の前世は柴田桜衣《しばたるい》という名の日本人女性で、年齢は二十六歳。

ルーカス様に逆らわず、ソニヤに馬鹿にされても我慢してきたサーラじゃない。

サーラに代わり、私があなたたちにハッキリ言ってやりますよ！

「王宮を出て、魔道具師として自立します！」

私は裏切り者二人の前で、一人で生きていくことを宣言したのだった。

第一章

私の転生前――柴田桜衣としての生涯は、入退院を繰り返し、健康な人を羨《うらや》む毎日だった。

病室の窓から眺《なが》めた飛行機雲と青い空。それが、あちらの世界で見た最後の風景となった。

そこから、長い夢を見た。

ヨーロッパのような町並み、魔法や魔術があって、獣人がいる不思議な世界。

自分の見ている夢が誰かの記憶だと気づいたのは、夢の中の私が、サーラと呼ばれる少女の背中にくっついていたからだ。

サーラの金魚のフン、もしくは背後霊。

世界を傍観《ぼうかん》するだけの私は、サーラに悲しいことや辛いことがあっても、励《はげ》ましの言葉一つかけられない――

「できそこないの娘が、ようやく我がアールグレーン公爵家の役に立ってくれた」

「なにかの間違いでしょうけど、落ちこぼれの娘を選んでくれたルーカス様に感謝しなくてはなりませんわね」

おめでたいはずの結婚式当日、両親からサーラにかけられた言葉はこれだけだった。

他人の人生だとわかっていても、不快な気持ちになった。

サーラは生まれてから、ずっとこんな扱いを受けてきた。今日くらい優しい言葉をかけてくれてもいいと思う。

だって、今日は結婚式なのだ。

――嫁ぐ娘に両親がかける言葉がそれ？　せめておめでとうくらい言ってください！

あまりにひどい両親に、自分が幽霊のような存在であることも忘れ、怒りながら文句を言っていた。

もちろん、向こう側に私の声は届かない。

サーラの人生を眺《なが》めている間、何度もツッコミを入れたり、文句を言って暴れたりしても無駄だったから、わかっている。

でも、言わずにはいられなかった。

――サーラ。妃になったら覚えてらっしゃい、くらい言ってもいいんですよ？

悔しいことに、サーラにも私の声は聞こえない。

サーラは泣くのをこらえ、震えていた。

初めて両親から褒めてもらえると思って、サーラが今日という日を心待ちにしていたことを私は知っている。

サーラが幼い頃から、両親はずっとこの調子で彼女を馬鹿にしてきた。

両親以外の家族とも、関わりが薄い。次期公爵である兄は他人同然で、彼は結婚式に出席しただけで、サーラに会いに来ることもなかった。

身内の冷たい態度に傷ついたサーラは、ウェディングドレスのまま、愛する夫を捜し、王宮内を歩く。

自分を選んでくれたルーカス様なら、優しい言葉をかけてくれると信じて。

――大丈夫よ。ルーカス様はサーラを愛してるわ。きっとサーラを慰《なぐさ》めてくれる。

幽霊みたいな私だけど、胸の前で両手を握りしめ、サーラの幸せを神様に願わずにはいられなかった。

「ルーカス様……」

サーラの小さな声が、ルーカス様の名前を呼んだ。

王宮の庭園に影を見つけて、サーラの足がぴたりと止まる。

視線の先にある人影は一人ではなく、二人。

そこには、さっき愛を誓ったばかりの夫のルーカス様がいた――美人で優秀だと評判の令嬢ソニヤと共に。

そして、二人は秘密の話をしていた。

「あなたの子供よ」

「僕の子供？　本当に？」

「身に覚えがあるでしょう？　忘れたなんて言わせなくてよ」

サーラの目から涙がこぼれた。

私も泣いていた。

――子供って……！　こんなの、ひどすぎる！

ずっと周囲から馬鹿にされ、冷たい態度にも耐えてきたサーラだけど、この仕打ちには我慢できず、花嫁のために用意された控え室へ逃げるようにして走り去った。

控え室に閉じこもったサーラは、ずっと一人で泣いていた。

ただの傍観者《ぼうかんしゃ》とはいえ、サーラに起こる出来事をずっと見てきた私には、他人事とは思えなかった。けれど胸を痛めているのは私だけで、彼女を慰《なぐさ》める人は誰もいない。

【魔力なし】と見下されてきたサーラは自然と人付き合いが苦手になり、おとなしく気弱な令嬢に成長した。

お祝いに訪れてくれる友人はいない。サーラは孤独だった。

無力な自分を悔しく思っていると、サーラが顔を上げ、なにかを眺《なが》めていることに気づいた。

涙で濡《ぬ》れた瞳が見ていたのは、銀製の宝石箱だった。

——宝石箱？　あんな宝石箱、鏡台の上に置いてあった？

ウェディングドレスを着たサーラが控え室を出ていく時はなかったような気がする。

サーラは宝石箱が気になるのか、手にとって真剣な顔で見つめた。

それは、繊細《せんさい》な銀細工が施《ほどこ》されていた。複雑な模様が箱に刻まれており、美術館に飾ってあってもおかしくないくらい美しい。

——こんな立派な宝石箱、一度見たら忘れないわ。

やっぱり、式が始まる前にはなかったと思う。

「これが結婚した私への贈り物……」

泣き笑いのような表情を浮かべたサーラの顔が鏡に映る。

背後には、花やキャンディ、クッキーやアクセサリーなどの贈り物がたくさんあったけれど、そちらには目もくれない。

控え室に置いてある贈り物の数々は、この機会にサーラの父であるアールグレーン公爵に名前を覚えてもらいたい貴族や商人たちがこぞって贈ったものだ。

そんな贈り物の中で、この銀製の宝石箱は異彩を放ち、他と違って見えた。

——サーラはこの宝石箱になにを見出したの？

宝石箱には涙の形をした青い石がはめられ、どこか寂しさと不安を感じさせる。

お祝いには、不向きな気がした。

私にはなぜこんなものが贈られたのか、わからなかった。

——もしかして、この青い石って……魔石じゃない？

魔石とは宝石のような見た目をした石で、魔力を含む特別なアイテムだ。

私が違う世界の人間で、鑑定能力が備わっていないせいか、残念ながら魔石と宝石の区別はつかない。

でも、王立魔術学院時代、サーラと一緒に授業を聞いていたから、鑑定能力はなくても知識はある。

こちらの世界では、魔石が使われているものすべてを魔道具と呼ぶ。

魔道具はアクセサリーとして身につけることが多く、護符《アミュレット》として身の守りや魔力増幅のために使用するのが一般的だ。他には傭兵たちの武器や防具、生活面では水の浄水装置やランプの明かりといった生活必需品も、そのほとんどが魔石を利用した魔道具なのだ。

でも、この宝石箱が今まで見た魔道具と違う種類のものだということは、私でもわかる。

魔道具師を目指し、王立魔術学院で学んできたのだから、サーラも気づいているはずだ。

この宝石箱は、危険なものかもしれないと。

白い手袋をはめたサーラの手が宝石箱の蓋《ふた》に触れる。

「結婚したら、なにかが変わるんじゃないかって、思ってた……。でも、なにも変わらなかったわ……」

そう言ったサーラの目から、大粒の涙が落ちる。

――サーラ、待って！　開けちゃ駄目！

嫌な予感がして、サーラを止めようとしても、私の手はサーラの体をすり抜ける。

しょせん、私は傍観者《ぼうかんしゃ》でしかない。

サーラを止められなかった。

宝石箱はサーラの手によって開かれ、魔術が発動する。

――やっぱり、魔術だった！

蓋《ふた》が完全に外れた瞬間、箱の中から冷たい風が吹いた。

宝石箱を持っていたサーラの左手が、一瞬で凍りつく。青い氷に包まれたサーラの手から宝石箱が落ち、床に細工部分がぶつかって割れる音がする。

氷の魔術はこぼれた涙も凍らせ、純白のウェディングドレスを覆《おお》っていく。靴の爪先から氷が這《は》い上がっても、サーラは悲鳴を上げなかった。

私にはわかる。

サーラは生きることを諦めたのだと。

――サーラ、諦めないで！　本当にこのままでいいの？

私の声はサーラに届かない。ガラスのような氷が部屋を侵食し、鏡台を凍らせ、手鏡と水差し、花瓶《かびん》までもが凍る。

壁もカーテンも、すべてが氷に閉ざされていく。

宝石箱に仕掛けられていた氷の魔術は強力なもので、サーラだけでなく、すべてのものを凍らせた。

氷は部屋全体を覆《おお》い尽くすまで止まらない。この場の時間すら凍りつかせるかのように。

私はなにもできず、魔術が終わるのを待つしかなかった。

誰か、たった一人だけでもいいから、サーラを救ってほしい。

このままサーラが氷の中に閉じ込められるなんて辛すぎる。

その時。

一人の少年が扉を開けて彼女の名前を呼んだ。

「サーラ！」

部屋に飛び込んできたのは、黒髪に青い目をした美しい少年だった。

彼は何度かサーラと会ったことがある。ヴィフレア王国第二王子のリアムだ。

いつも冷たい態度だけれど、それはサーラ以外の誰に対しても同じだった。

彼はサーラをできそこないと馬鹿にしなかった、数少ない存在だ。

――まだ十二歳の子供だけど、天才魔術師のリアムなら、サーラを助けてくれるかもしれない！

けれど、一足遅かったようだ。

魔術が間に合わないと判断したのか、リアムは持っていた花束を投げ捨てた。手を伸ばし、サーラを氷の中から救おうとする。

けれど、リアムが必死に伸ばした手は届かず、サーラはリアムの手を取らない。

「サーラ！　手を！」

リアムがそう叫んだ時、青い氷がサーラを逃がすまいとするかのように、右手を凍らせる。

絶望し、大きく見開かれたリアムの青い瞳の色が、まるで前世の私が見た最後の空のようだと思った。

次の瞬間、氷が目蓋《まぶた》を凍らせて、サーラの記憶はそこで途切れた。

私が見ていた長い夢は幕を閉じた――終わり。

――終わり？　ちょっと待って！　サーラはどうなったの？

神様に注文をつけることができるなら、死ぬ間際に見せる話は悲しいものではなく、笑えるストーリーで気持ちを盛り上げてほしい。

――ここで終わりたくない。せめて、サーラがこの先どうなるのか、私に教えて！　お願い、神様！

強く願って、暗闇から這《は》い上がるようにもがいた。

死んでなるものかと、暗闇から手を伸ばす。

そこに光がある気がして――伸ばした手が、知らない誰かの手に触れた。

もしかして、この暗闇から出られる？

必死に手を握り返した瞬間、体がふわっと浮き上がり、衝撃が体を襲う。

「い、いたた……」

背中を思いっきり叩かれたみたいな衝撃に、私の体は前のめりに倒れた。

よろよろと顔を上げながら、目を開ける。

「ちょ、ちょっと神様……。いくら魂《たましい》だけだからって、人の体を雑に扱いすぎ……体？　体がある？

私、生きてる？」

柴田桜衣は死んだはずである。なのに、自分の体の重みを感じる。

それに頭から足の爪先まで、バケツで水をかけられたみたいにびしょ濡《ぬ》れである。

「三途《さんず》の川を泳いだとか？」

病弱でプールに入れなかったから、私は泳げない。それに幽霊だったら、冷たいなんて感覚はないと思う。

なにより死ぬ前に比べてずっと元気な気がするし、体に力がみなぎっている。

——今なら、なんでもできそう！　……でも、待って？

ここが現実世界とは限らない。

「天国？　それとも地獄？」

「天国でも地獄でもない」

「あれ？」

ふと、自分が誰かの体を押し倒し、その上に乗り上げていることに気づいた。

その誰かをよく見てみる。

黒い髪に鋭い青色の目、整った顔立ちをした美青年。もし死神がいるなら、きっとこんな顔をしているに違いない。

死神がイケメンでよかったと思った瞬間、私は絶叫した。

「じっ、地獄ーっ！」

死神の姿を目の当たりにして、恐怖におののく私の叫び声が響き渡る。

——ここはいったい……？

恐る恐る自分の体を確認すると、両手に白い手袋をはめ、白いウェディングドレスを着ている。

周囲を見渡すと、部屋の中は水浸《みずびた》しで、粉々になった石の破片がそこらじゅうに散らばっていた。

惨憺《さんたん》たる状況ではあるが、見覚えがある部屋だ。

「サーラ」

深い青色の瞳が私の姿を映している。青年が手を伸ばして、私の頬に触れた。

「生きてるな」

低い声に混じる安堵《あんど》の色と濃い疲労感。触れた手は温かく、彼が死神ではなく人間だとわかり、冷静になった。

「私、サーラなんですか?」

「そうだ」

あの夢の続き——これは、サーラが氷漬けになった後の世界?

「魔術が成功したようだな」

氷の中から助けてくれた魔術師は、疲れ切って起き上がれないらしく、体を動かそうとして美しい顔をゆがめた。

私が上に乗ってしまっているから、なおさら苦しそう……って、これじゃ私が彼を押し倒しているようにしか見えない。

誰かが見たら完全に誤解するだろう。

「す、すみません!」

慌てて体の上から退き、起き上がるのを助けようとして、手を伸ばす。けれど彼は私の手を見つめて動かなかった。

「……あの時と逆だな」

そう言って私の手を握り、立ち上がる。

――あの時？　じゃあ、サーラの知り合い？

そう言われたら、この死神っぽいイケメンに見覚えがあるような気がしてきた。でも、どこで見たのか思い出せない。

見たことがあるとしたら、サーラの記憶の中のはず。

――えーと、誰だっけ……？

「ぼんやりしているが、大丈夫か？」

「は、はい！」

「俺は第二王子リアムだ」

「リアム⁉」

――今、リアムって言った？

ツンツン美少年だったリアム。それが成長し、禍々《まがまが》しいオーラを放つ死神に成長していようとは！

がくぅっと床に膝《ひざ》をついた。

昔の可愛い少年はどこへ行ったのか、威圧感ばかり成長したようだ。

「兄上との結婚式の日から十年が経過している」

「十年……」

「周りの変化にはショックを受けるだろうが、俺がこの魔術に辿《たど》りつき、使えるようになるまで時間がかかってしまった」

「すごく難しい魔術なんですね」

「……ああ」

小さかったリアムがこんなに大きくなっているのだから、十年も経てば、周囲の様子もかなり違うはず。

「国王陛下とアールグレーン公爵家には、目覚めたことを俺から伝えておく。混乱しているようだから、今はゆっくり休んだほうがいい」

「はい。助けていただいてありがとうございます。もう一度、人生を送れるなんて思いませんでした」

リアムは戸惑った表情を浮かべた。

「俺を、恨《うら》まないのか」

そう言われて、サーラが氷漬けになった時、リアムの手を取らなかったことを思い出した。

「そんなことないです！　おかげで、こんな元気いっぱいになりましたし！」

ぐっと両手に力を込め、ほらっとリアムに見せると、怪訝《けげん》そうな視線が返ってきた。

——あ、しまった。

サーラはおとなしくて気弱。それに、公爵令嬢だから上品で淑《しと》やかな振る舞いをする。

「じゅ、十年ぶりですから、力が有り余ってるというか……」

「体の調子が悪くないならいい。とりあえず、俺の王子宮に部屋を用意させる」

ヴィフレア王家は世界トップクラスの裕福な王家である。

王宮は広く、王子たちにそれぞれの宮を与えるくらいなんてことない。

「侍女を呼ぶ。しばらく、ここで待て」

「はい」

うなずくと、リアムは私に背中を向けた。彼に意識を集中していたからか、去り際、呟いた声を私は聞き逃さなかった。

「……俺は死ななかったんだな」

なぜだか、リアムが落胆しているように見えた。

――もしかして、リアムはサーラを生き返らせるために死ぬつもりだったってこと？

サーラもリアムも贅沢《ぜいたく》だ。

健康に生きていられるだけで奇跡みたいなことなのに、二人はそれに気づいていない。

自分の足で歩けるのが嬉しいし、動いても息切れしない。

――こんな幸せなことってある？

リアムの魔術に巻き込まれ、転生してしまったみたいだけど、今の私は元気でなんだってできる。

だから、どんな困難があったとしても、この体を守り、生き抜いてみせるわ！

◆◇◆◇◆◇

異世界に転生して、意気込んでいた私。

『楽しい異世界生活、始まるよ！』

――と言いたいところだけど、まだなにも始まってない。

リアムの王子宮に居候《いそうろう》中の身である私。私を助けてくれたリアムは、あれから一度も姿を現すことなく、すでに三日が経った。

――うーん。今後について相談できそうな相手は、助けてくれた第二王子のリアムだけなんですよね。

困ったことに、サーラには味方が少なかった。氷の中から助け出されたというのに、実家から誰も会いに来ない。帰ってこいとも言われず、リアムのお世話になっていた。

とりあえず、自分が置かれた状況を把握するべく、侍女たちのおしゃべりを盗み聞き……耳を傾《かたむ》ける毎日である。

第二王子付きの侍女たちは、主の目が届かないからか、とてもおしゃべりだ。

私がいると彼女たちは黙っているため、なるべく距離を置きつつ声が届く程度には近くにいるにはどうしたらと考えた結果、毎日お風呂に入りたいとお願いした。私がお風呂好きなのもあるけれど、これで少なくとも、朝と夕の二回、侍女たちのおしゃべりを聞けるようになった。

朝風呂を楽しんでいる私のところまで、声が聞こえてくる。

「リアム様はサーラ妃を助けてから、ますます忙しくなったみたいね」

「国王陛下はリアム様をねぎらって、王族だけの晩餐会《ばんさんかい》を開いたそうよ。とても豪勢だったたって厨房の子が言ってたわ」

「氷の中から復活した令嬢の話を聞きたかったのよ。国じゅうの噂だもの」

どうやら私は十年ぶりに氷の中から助け出された令嬢として、有名になったらしい。

「でも、娘が無事だったのに、アールグレーン公爵家は手紙を寄越《よこ》しただけらしいわ。顔も見に来ないなんて、ひどい話よね」

「なんて冷たい家族なの……」

侍女たちから同情される始末。

届いた手紙の内容は『実家には帰ってくるな。王宮で面倒を見てもらえ』――終わり。

あまりにも短すぎる手紙に、怒りを通り越して苦笑するしかなかった。

「ねえ、サーラ妃は【魔力なし】だから、家族に見捨てられたんじゃ……」

「シッ！　聞こえたらどうするの！」

――ずっと聞こえてますよ。

侍女が注意した【魔力なし】という言葉は、魔力を持たない者を指す差別的な言葉だ。

ヴィフレア王国の王族や貴族に生まれたら、魔力がないほうが珍しい。

王族と貴族の子らは成長すると王立魔術学院に入学し、魔術師となるのがエリートコース。貴族令嬢にとっては、学院の卒業が結婚の絶対条件である。

貴族であれば、魔道具師であっても魔力を持ち、簡単な魔術くらいは使用できて当たり前。そんな世界において【魔力なし】となれば、王立魔術学院だけでなく社交界でも馬鹿にされ、肩身の狭い思いをするのである。

「リアム様はサーラ妃をどうなさるのかしら？」

「このまま王子宮に置いてたら、ルーカス様が文句をおっしゃるでしょうしね」

仮にも第一王子の妃である私が、いつまでも第二王子の宮にいるわけにはいかない。

浮気だのなんだのと、痛くもない腹を探られるだけだ。

だから、このゴージャスな暮らしも一時的なもの。

お湯に浸《つ》かりながら、冷たくて甘いフルーツジュースを飲む。なんのフルーツかわからないけど、侍女が持ってきてくれた。

浴槽のお湯はちょうどいい温度で、金の蛇口から常に流れ出ており、惜《お》しみなくお湯を使える。溢れたお湯が大理石の床に川を作るのを眺《なが》めながら、今後のことを考えた。

元気な体を手に入れて、これからなにをするか……

少なくとも、非情な浮気夫ルーカス様の妻だけはお断りだ。

ルーカス様がサーラを【魔力なし】と馬鹿にしてきたというのもある。

周囲はサーラを馬鹿にしていたけど、王族と貴族以外は魔力を持っていないのが普通で、細工師や鍛冶師、仕立屋などの職業は魔力がなくても、職人として生計を立てている。

それを考えたら、【魔力なし】であっても堂々と生きていく手段はきっとあるはず。

ルーカス様を頼らなくてもね！

「それで、ルーカス様はどうなさっているの？」

「いつも通りよ。お気に入りの音楽家を呼んで演奏させて、画家を呼んでご自分の肖像画を描かせているそうだわ」

妻が氷の中から助け出されたというのに、一度も会いに来ない夫のルーカス様。どうやら優雅《ゆうが》で楽しい生活を送っているようだ。

ヴィフレア王家は魔石の恩恵《おんけい》によって、世界トップクラスの財力を誇《ほこ》っており、王族や貴族は働く必要がない。

主要な移動手段が馬車という文明レベルで、お湯を大量に沸《わ》かし続けることができるのは、ひとえに魔石と魔道具のおかげである。

水は魔石を利用した浄水装置でいくらでも確保できるし、お湯は火の魔石で沸《わ》かせる。

部屋が暗くなれば、火の魔石を利用したランプが灯《とも》されて、夜でも王都は明るい。ただし、明るいのは貴族たちの屋敷がある場所だけで、平民が多い区域は暗く、ぽつぽつと明かりが見える程度。

ヴィフレア王国は貴族と平民の差が大きいようだ。

「それにしてもサーラ妃、ずいぶんと長湯じゃないかしら」

「まさか、のぼせて倒れているのでは……サーラ妃、大丈夫ですか？」

なかなか浴室から出てこない私を心配して、侍女たちが声をかけてきた。

「ま、待ってください。生きてます！　入ってこないでください！」

せめて下着を身につけないと。たとえ侍女であっても裸《はだか》は見られたくない。

「……そうですか」

暇を持て余している侍女は残念そうだ。

浴室へ突入される前に、慌ててお湯から出て体を拭き、下着を身につける。

急いで出たのに、侍女たちはやっと出てきたかという顔をしていた。

毎回、長風呂だと思われているようだけど、私がいた世界では普通の入浴時間である。こちらの世界では入浴は楽しむものではなく、汚《よご》れを落とすだけのものらしい。

「瞳の色と同じ、空色のドレスをご用意しました」

「動きやすいドレスをと、お望みでしたので、生地は軽めのものを選びました」

「ありがとう」

令嬢らしく微笑み、お礼を言うと、侍女は動揺《どうよう》していた。

令嬢というのは、使用人にお礼を言ったりしないものらしい。

『これが私たちの仕事ですので、お礼は不要です』と注意されたけど、自然に出てしまうのだから仕方がない。

髪をセットし、珊瑚《さんご》の髪飾りで髪をまとめてもらう。アクセサリーはこれだけである。

「もっと華やかなほうがよろしいのではないかしら……？」

「真珠をつけますか？　魔石のアクセサリーもございますよ」

「装飾品はこれでじゅうぶんです」

侍女たちはもっと派手にしたかったのか、とても残念そうだった。

――私にはやりたいことがあるんですよ。

身支度が終わり、鏡台前から立ち上がると、私はにやりと笑った。

それが怖かったのか、侍女たちは怯《おび》えていたけど、私は気にしない。

「それで、例のブツは持ってきてくれましたか？」

「は、はぁ……。お持ちしましたけど……」

「そうですか。では、お願いします」

スッと手を差し出す。

侍女はオドオドしながら、私に『例のブツ』を手渡した。

ハンマーに、石を磨く紙ヤスリ、それから仕上げ用の革――そう、これらは魔石を手に入れるための魔道具！

魔石を手に入れるには、魔道具師のスキルと専用の魔道具が必須だ。サーラの記憶を見ていたから、使い方は知っている。

違う世界から来た私にとって、向こうの世界になかった魔道具師の知識や魔石はとても興味深い。

魔力がなくても、魔道具は作れる。

魔道具を作れたら、この世界で私が生きていくための大きな武器になる。

見た目はサーラでも、中身が異世界人の私にできるか試したくて、魔道具師の道具を持ってきてもらうよう侍女に頼んだのだ。

「やったー！　それでは庭へ！」

「庭へ？　庭に出て、なにをなさるおつもりですか？」

「いけません。日焼けをしてしまいます」

病室にいることが多かった私にとって、日焼けは憧れ――お日様を見上げて両手を広げる。

「日焼け上等！」

侍女たちが私を止めたけど、外に出たいという私の欲求は誰にも止められない。

バルコニーから降りて、広い庭園に出る。

私の手には魔道具師のハンマー、紙ヤスリ、革。

「ふ、ふふっ……ふふ！」

「大変！　サーラ妃がおかしくなられたわ！」

「やっぱり十年間も氷の中にいたから……」

――失礼な。

でも、今は侍女たちに反論するより、私に魔道具師のスキルが使えるかどうか……

足元に落ちていた石に気持ちを集中し、眺《なが》める。

すると【鑑定】スキルが発動し、石ころに含まれる魔力を分析した。

落ちている石ころは水属性で、磨けば最低ランクの水の魔石になるようだ。

「よかった！　スキルが使えます！」

サーラの体だからか、魔道具師のスキルを使えるようだ。

スキルは持って生まれた魔力と違って、努力で伸ばすことができる。

王立魔術学院で魔道具師として学び、スキルという概念を手に入れれば、後は使用すればするほどレベルが上昇するのだ。

魔道具師の腕は、スキルレベルと使用する道具の品質、経験によって決まる。

「この石を磨けば、水の魔石になるんですね」

魔力を含んだ石はヴィフレア王国と獣人国でしか採れないと、王立魔術学院の授業で聞いた。

土地に魔力を多く含んだ採掘場でないと、魔石として使える石は手に入らない。その辺に落ちている石は魔力の含有量《がんゆうりょう》が少なく、魔石にしても瞬間的な力しか発揮できない。

だから役に立たない石ころとして放置されている。

「でも、魔石は魔石です！」

さっそく試してみることにした。

拾った石をブラシや布でこすり、噴水《ふんすい》の水で洗って、ゴミを取り除いた。

そして、噴水《ふんすい》の台に置き、紙ヤスリで磨く。

「スキル【研磨】！」

声に出す必要はないけれど、かっこよくいきたかったので声に出してみた。

作業は地味で、紙ヤスリを使って黙々と磨くだけ。

でも、ただの石がどんどん青みを帯びてきて、宝石みたいに輝いてくる。何度もスキルを使用していくうちに、魔力が見えるようになったら完成が近い。

最後に革で磨いて仕上げたら、魔石の完成！

「これが水の魔石……。青空みたいに澄《す》んでいて、とても綺麗ですね！」

宝石と違うのは、石に魔力が含まれているところだ。

青く透き通った石の中で、魔力の泡がぽこぽこして、石が呼吸しているみたいに見える。

「これが魔石……」

記念すべき第一号の魔石は特別に思えて、空色の魔石を道具入れにしまった。

「よーし！　どんどんいきますよ！　次は少し大きめの石で試してみましょうか」

大きな石はハンマーとスキルを使って砕く。

「スキル【粉砕】！」

声だけは威勢がいいけど、やっぱり作業は地味。じゃがいもくらいの石をハンマーでコンッと叩いた。

石が割れて、細かくなる。

スキル【粉砕】は石や魔石を砕く時に使用する。

「魔石って、とても綺麗ですね」

うっとりしながら、どんどん石を【研磨】する。

「もっと石を！　私に石を！」

庭を掘り起こし、石を手に入れたら噴水《ふんすい》で洗って【研磨】する。

夢中になって【研磨】したけど、珍しい魔石はなく、石ころクラスの魔石しかなかった。

「やっぱり本格的に採掘しないと、いいものは手に入らないんですね……」

私ががっかりしていると、白い髭《ひげ》を生やした庭師が近づいてきて、悲鳴を上げた。

「ひいいい！　噴水《ふんすい》が泥まみれに！」

噴水《ふんすい》は風と水の魔石を使用した装置で、飲めるくらい綺麗な水が常に流れている——普段なら。

「す、すみません。石を洗いたくて水を使いました」

美しい噴水《ふんすい》は、泥と砂ですっかり水が濁《にご》っていた。

「一度水を抜いて掃除しないと駄目だな……」

異世界に転生して三日目、土下座レベルの失敗をしてしまった。

「私も掃除を手伝います。手伝わせてください！」

「獣人にやらせますから、お気になさらず」

「獣人に……？」

「おい、草刈りはいいから、こっちへ来い！」

庭師は遠くで作業していた獣人たちを呼ぶ。王宮に雇われた獣人たちは庭師の手伝いをしているようだ。

集まってきた獣人たちはウサ耳、犬耳と様々な種類の耳を持っていて、とても可愛い。

そんな可愛い獣人たちを、庭師は厳しい声で叱りつける。

「モタモタしていると日が暮れるぞ。早く掃除しろ！」

私のせいで可愛い獣人たちが怒られているのを目にして、ショックを受けた。

「仕事を増やしてしまったのは私ですし、責任をもって掃除します」

「えっ！　いやその、サーラ妃に言ったわけでは……」

獣人たちは不思議そうな顔をし、つぶらな瞳で私を見つめる。

「お隣で一緒に作業してもいいですか？」

私が腕まくりをして噴水《ふんすい》の前に立つと、獣人たちは困惑した表情を浮かべた。

「えっ？　で、でも……」

「馬鹿。口をきいたら、怒られるぞ！」

「どうしてですか？　私とおしゃべりしたくらいで怒られるわけ……」

「サーラ妃、困りますよ！」

庭師に怒られたのは私だった。

獣人たちと会話するチャンスだったのに、彼らは私から遠ざかっていく。

「もしかして、作業の邪魔になりますか？」

「できれば、ここから離れていただきたいですな」

「そうですか……」

作業の邪魔になってはと、私は噴水《ふんすい》からほんの少し離れたところまで歩いていった。庭師はもっと離れてほしいという顔をしていたけど、噴水《ふんすい》の内部装置が見られる貴重な機会である。

庭師は噴水《ふんすい》を止め、水を抜いた。

風と水の魔石がはめ込まれた噴水《ふんすい》内部が見える。水の魔石の力で水を清め、風の魔石で循環《じゅんかん》させるものだ。誰が作ったものなのか、とても高度な技術でできた魔道具だった。

水が完全に抜けると、獣人たちはブラシでこすったり、遠くから水を汲《く》んできたりして、噴水《ふんすい》内の砂と泥を洗い流す。草を刈る作業もそうだったけど、噴水《ふんすい》の掃除も手作業である。

「あのっ！　庭師さん、質問があります」

「サーラ妃。ここから離れていただくようお願いしたはずですが……」

「気になることがあって……。その噴水《ふんすい》には高度な魔道具を使っていますよね？　どうして、草刈りや掃除には魔道具を使わないのですか？」

獣人たちに魔道具を使わせたら、もっと早く綺麗になると思う。

しかも、草刈り鎌《がま》を支給されてない獣人は素手で作業していたようで、草で手を切り、荒れていて痛そうだ。

「奴隷に魔道具を使わせるなど、とんでもない！」

「奴隷？」

「なにをおっしゃるのです、アールグレーン公爵家でも獣人の奴隷は雇っていらっしゃったでしょうに」

庭師は困惑していた。

「魔道具は高価です。誰もが使えるものではありません。……サーラ妃、もうよろしいでしょう。いい加減、お部屋にお戻りください。あなたのような身分の方が、獣人や庭師の前に姿を見せるなど、あってはならないことなのです」

庭師は私に同情的な態度だった。

私が十年ぶりに氷から救出されて記憶が混乱しているから、こんな質問をしたのだと思っているのだろう。

獣人たちは黙って作業をし、誰も逆らわない。逆らっても無駄だと思っている——その姿が、十年前のサーラと重なった。

「やっぱり、私も一緒に掃除します」

「は……？　なにをおっしゃって……」

「噴水《ふんすい》を泥だらけにしたのは私です。それに、運動にもなってちょうどいいですから」

庭師のバケツに入っていたブラシを借りようとしたけど、サッと奪われてしまった。

「駄目です！」

「ちょっとだけなら！」

「いけません！」

庭師と攻防を繰り返す。年老いているとはいえ、庭師の鍛《きた》えられた肉体にはなかなか勝てない。

「や、やりますね……！」

ぜえぜえと肩で息をしながら作戦を考える。

正攻法で駄目なら、不意打ちを——

「なにをしている」

男性の低い声が聞こえて、動きをぴたりと止めた。

私より先に声の主を見た庭師が小さい悲鳴を上げ、獣人たちは青ざめ、怯《おび》えた表情で身を寄せあう。

そんなホラー漫画みたいな顔をさせる恐ろしい人間っていったい……

「ぎゃーっ！」

振り返った私の口からも悲鳴が上がった。

怖い顔をしたリアムが魔王のように立ち、バルコニーに出てこちらをにらみつけている。

「リアム様っ……！　お前たち、なにをしている。頭を下げないか！」

庭師は獣人の子供を土の上に引き倒し、頭を下げさせた。

そして庭師自身もひざまずき、その場に平伏する。

「そこまでしなくても……」

私が止めると、庭師が声を荒らげた。

「王宮の仕事を解雇《かいこ》されて困るのは奴隷たちです！　貴族であるサーラ妃にはわかりません！」

必死の形相だった。

魔力を持つ貴族たちと、魔力を持たない人々の間には、深い深い溝《みぞ》がある。

ヴィフレア王国は魔術師と魔道具師の国——魔力がある者と【魔力なし】、便利だけど高価な魔道具が、ヴィフレア王国に大きな格差を生んでいるのだ。

これが、この世界の厳しい現実なのだと私は痛感した。

「リアム様、申し訳ありません」

庭師は何度も頭を下げ、リアムに謝罪する。

「俺は兄上のように、姿を見せたくらいで罰《ばつ》を与えるつもりはない」

リアムが言う兄上というのは、第一王子のルーカス様のことだ。

ルーカス様は獣人が自分の前に姿を見せただけで罰《ばつ》を与えるらしい。

身分を重視するルーカス様とそこまで気にしないリアム。リアムの場合、性格もあるのだろうけど、他人のことは自分とそれ以外、というくくりでしか判断しないのか、人間関係にも身分にも、そこまでこだわりが見られない。

むしろ、問題なのはリアムの人を近寄らせない雰囲気である。

「庭師。悪いが、サーラに用がある。しばらく、ここから離れてもらいたい」

「はっ、はい！　二度とこのようなことが起きぬよう注意いたします」

庭師は立ち去る前に、そっと小さな声で言った。

「サーラ妃、獣人は奴隷です。他の者と同等に接すれば、サーラ妃の評判を落としかねません」

「それなら大丈夫です。私の評判は元々よくありません」

「まあ、たしかに……いやいや！　そんなことは！」

――今、認めましたよね？

私がどんなふうに周りから言われ、扱われているか、庭師まで知っているようだ。

「私は評判を気にするより、これからは自分のやりたかったことをやって、楽しく生きていきたいと思ってます。だから、今度は私にも噴水《ふんすい》掃除をさせてくださいね」

庭師と獣人たちは驚いた顔で私を見ていた。

「……庭仕事は我々の仕事です」

「やっぱり駄目ですか？」

「承知できませんが、サーラ妃のお気持ちはよくわかりました」

庭師は微笑んで帽子を取り、私にお辞儀《じぎ》した。離れたところから様子をうかがっていた獣人たちも同様に、お辞儀《じぎ》する。

「どうか、氷の中から目覚めたあなたに幸せが訪れますよう」

――今までは幸せじゃなかった。

庭師は以前のサーラを知っていて、毎日暗い表情で過ごしていたのを覚えていたのだろう。

そして、氷の中から助け出された私の境遇が、幸せからほど遠いことも知っている。

庭師は帽子をかぶり直し、白い髪を隠すと、獣人たちに『行くぞ』と目で合図する。

去っていく庭師と獣人たちを見送りながら考えた。

『私の幸せ』。それは――

「お前は誰だ？」

今まで黙って眺《なが》めていたリアムの鋭い声に、ハッと我に返った。

「え……。誰って……それは……」

――まさか、もう私がサーラじゃないってバレた？

だらだらと冷や汗を流し、恐る恐るリアムの顔を見る。

十年前はあんなに可愛かったリアム。

それなのに、今は凄《すご》みをきかせた目つきで私をにらんでいる。仁王立ちで胸の前に腕を組む、得体の知れない者に対するその態度はとても冷ややかだ。

死神みたいな黒の軍服は宮廷魔術師の制服で、王立魔術学院の卒業生でも数年に一人しか受からないという超エリート職である。宮廷魔術師は魔術の研究だけでなく、向こうの世界で言う軍や警察の役割も担っている。

だから、私を尋問するのは難しい仕事ではない。

――ふっ！　いいでしょう。私の演技力を見せてやりますよ！

「なに言ってるんですか。私はサーラですよ？」

「嘘をつけ」

まだセリフを一つしか言ってないのに、もう嘘だとバレてしまった。

「私がサーラじゃない証拠がどこにあるっていうんですか！」

「まず、お前がサーラだと言い張るなら、顔と手についた泥を落とせ。ドレスのスカートをまくるな」

言われて気づいたけど、わんぱく坊主が外で遊んできましたみたいな汚《よご》れっぷり。土を掘り起こし、石を探したせいだけど、公爵令嬢にはあるまじき姿だ。

けれど私も負けじと言い返す。

「外に出て、少しはしゃいだだけで怪しんでいるんですか？　十年間、私の体は氷の中だったので、日光が必要なんですよ」

リアムは少しも表情を変えない。

「ならば聞こう。それはなんだ？」

噴水《ふんすい》の横には、私が土の中から掘り起こした石が【研磨】されて魔石になり、山積みになっている。

「魔石です」

「見ればわかる！　その辺に転がる石はたいした魔力を含んでいない。価値のない石を【研磨】した理由は？」

「リアム。この世に価値のないものなんてありません。存在する物すべてに価値があります」

――私、いいこと言った！

けれど、リアムは得意顔の私を無視し、尋問を続ける。

「俺をリアムと呼んだな。以前のサーラは敬称をつけて呼んでいたが？」

隙のない問いかけが、さらに私を追いつめていく。

「え、えーと、魔石って綺麗ですよね！」

「話を逸《そ》らして誤魔化《ごまか》そうとするな。サーラが魔道具師の道具が欲しいと言っているのを聞いて不思議に思っていたが、実際に見ると完全に別人だ」

「そんな！　ちょっと石を【研磨】しただけで別人認定なんてひどいです！」

「ちょっと？」

リアムの視線が魔石の山に向く。私が【研磨】した魔石が犯行現場扱いされて辛い。

「答えろ。魂《たましい》を引きずり出すぞ」

「ひえっ！　や、やめてください。リアムは外見だけじゃなく、中身も魔王なんですか？」

「なるほど。魂《たましい》が違うのか」

――バレた。

肩を落とし、観念した。

リアムを騙《だま》すのは難しかったようだ。さすが治安を守る宮廷魔術師だけあって、誘導尋問の達人だった。

「騙《だま》してすみませんでした……」

「謝られるほど、騙《だま》されてない」

それはそれで、ちょっと傷ついた。

「……俺はサーラを救えなかったんだな」

冷静で表情を崩さなかったリアムだけど、さすがにショックだったのか、髪をかき上げて額に手をあてた。そのまま唇をきつく結び、黙り込んでいる。

そんなリアムの姿に気まずさを感じながら、私はぺこりと頭を下げ、日本風にお辞儀《じぎ》をした。

「私の名前は柴田桜衣。別の世界で生きていた人間です。病気で死んだはずだったんですが、気づいたらサーラという名前の令嬢の記憶を辿《たど》っていました。そして氷から目覚めた時、私はサーラになっていたというわけです」

「なるほど。俺はサーラを生き返らせるつもりが、無関係の魂《たましい》を巻き込んでしまったのか……」

申し訳なさそうな顔をしたリアムに少しホッとした。

死神か魔王かと疑ったけど、リアムにも人の心は残っているらしい。

「悪かった」

「いいえ。こちらこそ、こんな頑丈《がんじょう》で元気な体を与えていただき感謝しています。ありがとうございました」

お礼を言ったのに、リアムは私をじろりとにらんだ。

「おい、その体に傷一つつけるなよ？」

「大切に使わせてもらってます」

「その格好で？」

「泥を落として着替えます……」

そう言わなかったら、なにをされるかわからない空気を感じた。

「サーラは戻りたくなかったのか。それとも、十年という月日のせいか……」

リアムは自分の魔術が失敗したのがショックだったのか、難しい顔で深いため息をついた。

「シバタルイ。お前を巻き込んだのは俺だ。この世界での生活は、俺が責任を持って面倒を見よう」

「巻き込まれて転生してしまいましたが、そんなに責任を感じていただかなくても大丈夫ですよ？健康な体をいただけて、リアムには感謝してるんです。むしろ恩人です！」

「恩人か。サーラの記憶を辿《たど》ったというなら、今の自分が置かれた立場を理解しているはずだ。それでも、恩人と言えるのか？」

「私の恩人は、サーラとリアムの二人です」

リアムの目の前にピースサインをした指を突きつける。

「動けなかった私が、また土の上に立っているんですよ！」

「ああ……」

「毎日が楽しいです」

さっきまで険しい顔をしていたリアムの表情が、わずかに和《やわ》らいだ気がした。

周囲を気にしてか、リアムは手招きするとバルコニーから部屋に戻る。誰かに聞かれる可能性を考えたのだろう。リアムは私と話をするつもりだったらしく、すでに人払いがされていた。

部屋には誰もいなかったけど、リアムはさらに窓を閉めた。ここから先はもっと聞かれたくない話になるのだと私は直感した。

「お前が知っている十年前とは違う。特に兄上との関係だが……」

話がルーカス様に関することだからか、リアムはさっきより声のトーンを落とす。

「兄上が新しい妃に選んだのはアールグレーン公爵家と敵対する、ノルデン公爵家のソニヤだ」

「新しい妃……つまり、私は元妻という立場なのですか？」

「そういうことだ」

「じゃあ！　今はもう自由ってことですね？」

やったぁと言いながら万歳した私を見て、リアムが大きなため息をついた。

「王宮のしきたりで、妃は離縁されても王宮に留まることになっている」

「そんな！　どうしてですか？」

「離縁されるのは妃にふさわしくない行動をしたと判断された者だ。そのため、身柄を拘束される」

「身柄を拘束……。はっきり罪人扱いって言ってくれていいですよ」

つまり、今まで離縁された妃は罪を犯した妃だけということだ。

罪人扱いの私はゼロからどころか、マイナスからのスタートである。

「それで、シバタルイ。これからどうしたい？　王宮から出たいなら手を貸す。だが、王宮に留まりたいのなら、ここを自由に使えるようにしよう」

手を貸すなんて、まるで脱走犯である。

せっかくの異世界転生だというのに、冒険が始まる前にお尋ね者になるなんてごめんだ。

「私はここには残りません。堂々と王宮から出ていきます。ルーカス様にお願いすれば、あっさり自由にしてもらえるかも……」

「無理だぞ」

「お願いしてみないとわからないじゃないですか。離縁されたと言っても、こちらはなにも悪いことをしてませんし、新しい妃がいるなら、私の存在なんて忘れてますよ」

元妻とはいえ、愛情が残っているなら、会いに来るはずだ。

それに、私は覚えてる。

「リアム。ルーカス様の子供は何歳ですか？」

「……十歳だ」

「サーラを裏切ったルーカス様と一緒にいるなんて、ごめんですね」

リアムもそうだろうなと言うように首を縦に振る。

「王宮を出るのはいいが、シバタルイ。気をつけろよ」

「え？」

「十年前サーラを氷漬けにした魔道具は、まだ見つかっていない」

「私の命が、今も狙われてるってことですか？」

リアムは腕を組んで、しばらく考え込んだ。

「そうとは断言できないが、犯人は見つかってない。あれは事故として片づけられた」

「事故じゃないです！　サーラが宝石箱を手にして、蓋《ふた》を開けたら、氷の魔術が発動したんですよ！」

私はその瞬間を、サーラの目を通して確かに見た。

だから、断言できる。

「あれは罠《わな》です」

リアムには言わなかったけれど、私には自由になる以外に、もう一つ目的がある。

それは、サーラに罠《わな》を仕掛けた犯人を見つけることだ。

私がこんな元気な体をもらえたのはサーラのおかげ。その彼女のためにできることがあるとするなら、ルーカス様たちへの仕返しと犯人を捕まえることだ。

「罠《わな》だったというのは、わかっている。だが、アールグレーン公爵を除く四大公爵が宮廷魔術師たちに圧力をかけ、事故として処理させたんだ。自分たちの家から妃を出すため、早急に事故として解決させ、妃候補となる令嬢を王宮に送り込むためにな」

四大公爵家とはヴィフレア王国の大貴族で、王家に次ぐ権力を持っている四家のことだ。

「そんな……」

「結果、すでに子供を身籠《みごも》っていたソニヤの一人勝ちだった」

サーラの記憶では知ることのできなかった部分だ。

氷に閉じ込められるまでのことしか、私は知らない。

「だから、リアムは宮廷魔術師になったんですね。四大公爵家が圧力をかけてうやむやにしたサーラの事件を解明するために……」

「別にサーラのためじゃない。王子としての仕事より、宮廷魔術師のほうが向いていると思ったからだ」

リアムのツンは健在のようだ。

それで、私は調子に乗って言ってしまった。

「わかっているんですよ。ツンなリアムがサーラにだけ挨拶したり、一緒に花壇《かだん》の手入れをしたり。甘酸《あまず》っぱい青春の……って、にらまないでください！」

「なにを見たか知らないが、言葉には気をつけろ」

残念ながら『もしかして、リアムの初恋ですか？』まで聞くことはできなかった。

「もういい。お前が王宮の外に出たいと望んでいることはわかった。全面的に協力しよう」

「ありがとうございます」

とりあえず、私とリアムは秘密を共有する仲間になったようだ。

ちょっとギスギスした仲間だけどね……

「失礼します」

扉を叩く音がして、私とリアムは身構えた。

部屋の扉を開け、入ってきたのはリアムの王子宮にいる侍女ではなく、ルーカス様の侍女だった。

「ルーカス様がサーラ元妃にお会いしたいとおっしゃっています」

――とうとう来た！

浮気者の元夫、サーラを裏切った男とご対面である。

「元妃……」

「お気を悪くなさいませんよう。ソニヤ様がサーラ様を元妃とお呼びするよう命じられましたので、それに従っているだけでございます」

「はあ……」

ソニヤは今の妻と昔の妻をしっかり区別させている。

別に構わないけど、ソニヤは会う前から私を牽制《けんせい》するのを忘れていないわけだ。

「身支度が済み次第うかがうと、ルーカス様にお伝えください」

さすがに泥だらけで会うわけにはいかない。

「かしこまりました」

リアムの王子宮にいる侍女と違って、どことなく冷たい印象がある。

侍女はちらりとリアムを見て言った。

「リアム様。サーラ元妃の処遇は、ルーカス様にお任せするべきです。目覚めさせたのがリアム様とはいえ、サーラ元妃を連れ去ったことをルーカス様は面白く思っていらっしゃらないようでした」

「兄上にはすでに別の妃がいる。仕方がなく面倒を見ているだけだ」

「王子同士の揉《も》め事にならぬよう進言したまででございます。ルーカス様のところへはお二人揃《そろ》ってではなく、別々にいらしてください」

「……わかった」

侍女は一礼し、黙って扉を閉めた。

これだけのやりとりで、リアムとルーカス様の不仲ぶりがよくわかる。

「ルーカス様と話す必要があると思っていたので、ちょうどよかったです」

「兄上にうまく丸め込まれないよう気をつけろよ。俺は少し時間を置いてから顔を出す」

「はい」

リアムが心配するくらいくせ者なルーカス様。サーラの記憶では、いつも優しい笑顔で嫌みを言って去っていくイメージだった。

無視されて話しかけられないよりはいいけど、サーラはいつもルーカス様から馬鹿にされて恥ずかしそうにうつむいていた。

「サーラの代わりにバシッと言ってやりますよ！」

意気込んだ私に、すかさずリアムが注意する。

「兄上から不審に思われないようにしろよ。無事に王宮から出たいならな」

「中身が異世界の人間の魂《たましい》だと気づかれたら、研究材料にされてしまうってことですか？」

「その可能性もある」

両側から手を引かれ、連行される宇宙人の画像を思い浮かべた。

拘束される宇宙人――それが、私。

「……わかりました。演技力でカバーします」

「お前に必要なのは演技力より沈黙だ」

「言ってくれますね」

「適切なアドバイスだ」

私の演技を見破っただけあって、リアムは自分のアドバイスに自信があるようだ。

表情は変わらないけど、得意げな顔をしているように見えた。

「父上が報告を聞いて会いたいと言っていたが、断って正解だったな」

「そうですね……」

さすがに研究材料にされるのは怖いので、守ってくれそうなリアムに同意するしかなかった。

リアムは王子で、国王陛下から命じられたら逆らえない。

そして、同等の立場かそれ以上の立場にいるのは、サーラの元夫のルーカス様。

ふたたび、部屋の扉をノックする音で、私とリアムの会話が途切れた。

「失礼します」

「ルーカス様の命で、サーラ元妃の着替えのドレスとアクセサリーをお持ちしました」

ルーカス様のところの侍女は表情を変えず、雑務を淡々とこなすだけの機械のようだ。

「サーラ元妃。ルーカス様とソニヤ様がお待ちです。お急ぎくださいませ」

「わかりました。では、支度をして乗り込み……いえ、ルーカス様にお会いしますわ！」

令嬢らしく言ったつもりだけど、リアムの目は『大丈夫か？』と言っていた。

私は任せてくださいと目でうなずき返しておいた。

「私の演技力をナメないでください」

まずは浮気性な元夫、ルーカス様の手から逃れ、王宮から出ていってみせます！

◆◇◆◇◆◇

「王宮を出て、魔道具師として自立します！」

私はルーカス様の前で堂々と宣言した。

ルーカス様とソニヤは、ポカンとした顔をしている。

私が『お願いします。王宮にいさせてください』と泣いて頼み込むとでも思っていたようで、どう反応していいか困っているように見えた。

静まり返っているのが気になるけれど、この後、私は華麗にドレスの裾《すそ》を翻《ひるがえ》し、『それでは、ごきげんよう！　皆様！』と令嬢らしくかっこよく去るつもりで、指でスカートの裾《すそ》を持ち上げた時だった。

「サーラったら、面白い冗談を言えるようになったのね！」

ソニヤが笑い声を上げながら、私の自立宣言をからかった。

「魔道具師？　ご自分の王立魔術学院時代の成績をご存知？　十年も氷の中にいたから、忘れてしまったのかしら？」

ソニヤは口元に手をあて、プッと笑う。

ルーカス様も馬鹿にした目つきで私を見て、くすりと笑う。

「不器用で魔道具作りもヘタクソ、落ちこぼれの半人前。魔道具師として働くだなんて、よく言えたわね」

もちろん、サーラが落ちこぼれと馬鹿にされてきたことは知っている。でも、王宮で侍女をやるより魔道具師になったほうが圧倒的に楽しそうなのだ。

なにより、いつまでもリアムのお世話になるわけにはいかない。

将来を考えたら、魔道具作りを仕事にして自立するのが一番だと思った。

「サーラ。冷静になって考えてごらん？　君には十年のブランクがある。魔道具師として自立だなんて、できるはずがないだろう」

ルーカス様は私を憐《あわ》れみの目で見ていた。

「ルーカス様に離縁されて、やけになっているのですわ。だから魔道具師になるなどと荒唐《こうとう》無稽《むけい》なことを……」

ソニヤが意地悪く、扇子《せんす》の陰でくすりと笑ったのを私は見逃さなかった。

王立魔術学院の学生時代を思い出す。

サーラからルーカス様を奪い、第一王子の妃となって自分の望みを叶えたソニヤ。望みは叶ったはずなのに、なおも学生の頃と同じように私を馬鹿にするなんて、成長がなさすぎる。

「きっとサーラは王宮にいて、わたくしたち夫婦の仲睦《なかむつ》まじい姿を見るのが悔しいのでしょう。わたくし、女性としてサーラの気持ちがわかりますの」

――私の気持ちがわかる？　今のはきっと聞き間違いですよね？

思わず、自分の耳をトントン叩いてしまった。

「そういうことか。でも、僕はサーラを冷たく扱ったりしないよ。条件付きだけど、このまま王宮に置いてあげるつもりだ」

「ルーカス様ったら、優しすぎますわ」

「ソニヤもだよ」

「まあ！　そんな！」

二人は私の目の前でイチャイチャし、ソニヤはルーカス様のおでこを指で『えーい』とつつく。

この夫婦、私の話を聞く気がまったくないようだ。

「もし追い出しでもしてサーラが路頭に迷って死んだら、僕が非難を受けて人気が下がる……じゃなくて、僕を信頼する国民を、がっかりさせてしまうだろう」

あっさり手放してもらえると思っていたのに、ルーカス様はしつこく引き留めてきた。

そんなに外聞を気にするなら、国民の信頼を意識する前に、まずは元妻の信頼を意識してくれたらよかったと思う。

なお、私の二人への信頼は、もはや地面どころかマントルまで落ちている。

結婚前の浮気、浮気相手との子供……どこに信頼が生まれるチャンスがあったのか、教えてほしいくらいだ。せめて離縁した妻の望みを聞いて、快く解放するのが優しさというものではないだろうか。

さすがの私も堪忍袋《かんにんぶくろ》の緒《お》が切れそうだ。

「たしかに、私は半人前の魔道具師です」

手に力を込め、ぎゅっと握りしめた。

私はこの体に転生し、決意したことがある。

「ですが、私はまだ十八歳。そして健康です。離縁されたからといって、人生を諦める気はありません」

氷の中から救ってくれたリアム、体の持ち主だったサーラ。

未練たっぷりで死んだ私にとって、人生をもう一度楽しむチャンスをくれた二人の恩人。

二人に恩を返すためにも、私は魔道具師になって力をつけ、サーラを氷漬けにした犯人を見つけ出してみせる！

「十八歳……。つまり、サーラはわたくしが二十八歳のおばさんだと言いたいのかしら？」

年齢をどうこう言ったつもりはないのだけど、ソニヤに怖い目でにらまれてしまった。

「いいえ、違います。私はただ、離縁されたから人生おしまいだなんて思ってない、と伝えたかっただけです」

　むしろ、人生これから！

　浮気者な元夫から逃れ、自分の人生を歩む絶好のチャンスである。

「サーラは、僕に未練はない？」

「ありません」

　即答すると、ルーカス様は面白くなさそうな顔で頬杖をついた。

「そこは嘘でもいいから、あると言うべきだよ？　サーラ？」

「これからは、自分に正直に生きると決めたんです」

「ふーん。正直にね」

「はい！　そうです！」

　私が笑顔でうなずくと、ルーカス様がイラッとした顔をした。

　サーラは気弱でおとなしい少女だった。周囲からずっと落ちこぼれと言われ続け、思っていることを口に出せなくなってしまったからだ。

「私の気持ちはおわかりいただけたと思います。それではルーカス様。ソニヤ様とお幸せに」

　やっと魔道具師として一歩踏み出せる。

　わくわくした気持ちで胸がいっぱいになった――その時。

「待った」

　――待った？

　部屋を出ようとした私をルーカス様が止めた。しかも、ルーカス様はなにを勘違いしているのか、私に向かってウインクする。

「僕は寛大《かんだい》だ。君の記憶が戻るまで待ってあげるよ」

「記憶は戻ってます」

「君が僕を愛していた記憶が戻るまで、王宮でゆっくり過ごすといい」

「だから、記憶は戻って……」

バキッとなにかが壊れる音がした。音がしたほうを見ると、ソニヤが扇子《せんす》を折ったらしく、それを床に叩きつけた。

穏やかな笑みを浮かべていたルーカス様は、魔法や魔術ではなく力業《ちからわざ》で破壊された扇子《せんす》を見て苦笑した。

「ルーカス様。少しお尋ねしてよろしいかしら？」

「……どうぞ」

「まさか、サーラに部屋を与えるつもりですの？　妻以外の女性に、王宮に部屋を与えることが、どのような意味をお持ちか、ご存知ですわよね？」

ソニヤが言わんとしているのは、有体に言えば愛人扱いということだ。ルーカス様の口ぶりからすれば、そのつもりだったのだろうことは想像に難《かた》くない。

侍女扱いならいいけれど、愛人として私を王宮に置くのにはソニヤは反対らしい。気持ちはわかるし、私だってお断りだ。

このまま放っておくと、激しい夫婦喧嘩に発展しそうだ。正直、巻き込まれたくない。

私は再度、ルーカス様に王宮から出ていくことを告げた。

「私は王宮から出ていきます。ですから、部屋は必要ありません」

「今の君がどこへ行けるって言うんだ？」

その疑問に答えようと、口を開きかけた時、靴音が聞こえてきた。

私は広間の入り口を振り返る。

そこには、紋章付きの黒い軍服を着たリアムがいた。

宮廷魔術師の正装で現れたリアムは迫力がある。氷に似た青い瞳がルーカス様を見据え、ルーカス様もまたリアムから目を逸《そ》らさない。

まだなにも話していないのに、二人の間には緊張感が漂《ただよ》っている。

リアムの低い声が広間に響いた。

「兄上。別れた女性をしつこく引き留めるのはいかがなものかと」

空気は重いけど、リアムという今の私にとって唯一の味方が来てくれるとホッとした。

「僕がしつこく引き留めている？」

リアムはルーカス様の不興を秒で買った。

「僕は王宮のしきたりに従っているだけだよ。一度、妃として王宮に入った女性は離縁されても王宮から出られない。一応、第二王子のリアムもそれくらいわかるはずだよね？」

「一応、兄上の弟ですので理解はしているつもりですが、妃といっても一日だけのこと。すぐにソニヤ妃を妻に迎えた兄上に、引き留める権利があるとは思えませんね」

リアムは遠回しに言ってるけど、ルーカス様とソニヤの子供は十歳。結婚前から浮気していた事実をルーカス様は言い訳できないはずだ。

そう思っていると――

「僕はリアムと違って、責任ある第一王子だからね。いくら愛があったとしても、いつまでも待つことができないのは当然だ」

しっかり言い訳してきた。

しかも、子供のことは口にせず、とてもいい顔で笑っている。『第一王子だから王家の血筋を残す義務を果たしただけだよ』とでも言うように、浮気に対する罪悪感はゼロ。

けれど、リアムのほうも負けていない。

「責任があるというのなら、一度妻にした相手の人生にも責任を感じていただきたい」

「だから、侍女として王宮に残らせてやろうと言ってるんだよ？　わからないかな？」

リアムはそれを聞いて、呆れた顔をしていた。

私もついさっきまで、そんな顔をしていたから、気持ちはすごくわかる。

「兄上は二十八歳ですが、サーラはまだ十八歳。まだ先の長い人生を、魔道具師として生きたいと願うサーラの気持ちを優先し、快く送り出してはいかがか？」

「へぇ？　リアムは、サーラが魔道具師としてやっていけると思ってるんだ」

「サーラを俺の弟子として雇用し、魔道具師として独立できるまで面倒を見るつもりでいます」

ルーカス様とリアムは会話で殴りあい、二人の間には見えない火花が散っている。

頬杖をついていたルーカス様が姿勢を正し、座り直す。

「おかしなことを言うね。リアムが僕の妻の面倒を見る？　なんの冗談かな」

「ルーカス様。妻ではなく元妻です」

私が訂正すると、ルーカス様は『この裏切り者が』という目で私を見てきた。裏切ったのはルーカス様のほうなのに、なぜ被害者のような顔をしているのか謎である。

「しきたりとはいえ、サーラに咎《とが》はないはず。それをこれ以上引き留める必要はないでしょう。もし兄上に未練があるというのなら、そもそも十年前、すぐにソニヤ妃と結婚するべきではなかった」

ここでルーカス様が元妻に未練があると言えばソニヤの機嫌を損ね、ないと言えば私を自由にせざるを得ない。結果、ルーカス様は黙った。

ソニヤの厳しい目が『どちらなの？』とルーカス様を追い詰める。

——さすが、リアム。追い詰めるのがうまいですね。

「幼かったお前になにがわかる」

ルーカス様が言ったのはそれだけだった。

十年前、リアムは十二歳。十二歳だけど、とても大人びていた。

同時に、限られた人間にしか心を開かない難しい子供だった……いや、大人になった今も素直になれない気難しい性格のままだ。

でも、一番信用できる人間だと私は思っている。

「サーラを氷の中から目覚めさせた魔術師が誰なのか、兄上も報告を受けたと思いますが」

ルーカス様の顔から笑みが消えた。

リアムがサーラを救うために使ったのは、大魔術と呼ばれる特別なものだった。

誰もが使える魔術とは違う、限られた魔術師だけが辿《たど》りつける領域。

それは命を失うリスクを孕《はら》んだものだったはずで……

「ですから、目覚めさせた自分が責任をもってサーラの面倒を見ようと言っているのですが、兄上は反対なさるのですか？」

暗に、ルーカス様ではサーラを救うのは不可能だったとリアムは言っているのだ。

サーラを目覚めさせるのは簡単なことではなかった。十年前、すでに天才魔術師と呼ばれていたリアムでさえ、これだけの時間がかかったのだ。

それだけじゃない。

自分の命が危険だとわかっていながら、リアムは大魔術を使ったのだ。

そしてリアムは成功した。サーラの肉体に宿ったのが、異世界から呼び寄せられた私の魂《たましい》だったという点を除けば……

「リアムめ……！」

そろそろ血で血を洗う兄弟喧嘩が始まりそうだ。

「ルーカス様、私がお願いしたんです。魔道具師として独立し、工房を持つまでの間、助けていただけないかと」

「君が？　工房を持つ？」

本来、魔道具師が自分の工房を持つには有名な魔道具師の下で働き、腕を磨き、ようやく独立、というのが一般的らしい。

「まさか公爵令嬢のくせに、本気で働くつもりでいるのか？」

「ルーカス様。私は人々の生活を助ける魔道具師になりたいと思っています」

頑《がん》として譲らない私の態度を見て、ルーカス様はため息をついた。

「本当なら君のほうが王宮にいさせてくれと頼むべき立場だろうに……よりにもよって、リアムに縋《すが》るとはね」

まるで、私が悪いと言わんばかりだった。それほど私がリアムといるのが気に入らないようだ。

元夫のプライドと執着心……いや、サーラ自身への執着というよりも、むしろ元妻が自分でなくリアムを頼っていることが不快そうに見える。

それを逆手にとれば、ルーカス様は案外あっさり私を王宮から出すのではないだろうか。

しばし、私は考えた。

――リアムに相談なく決めるのは申し訳ないですが、王宮からの脱出を優先させてもらいましょう。

「では、ルーカス様。私に工房をいただけませんか？」

「工房？　工房だけ？」

「はい。工房だけで結構です。加えて、しきたりを破り王宮から出るのですから、条件を付けるのはどうでしょう。それなら、ルーカス様の面目《めんぼく》も保たれます」

「条件！　ただでさえ一人で暮らすのは難しいのに、条件を与えろだって？」

私の提案を聞いたルーカス様は大笑いした。

ルーカス様が声を立てて笑うのが珍しいことだったのか、ソニヤが驚いている。

「たとえば、助けを借りないというのはいかがですか？」

私がちらりとリアムを見る。

ルーカス様はリアムが関わると感情的になるようで、案の定こちらの思惑《おもわく》を深く考えず話に乗ってきた。

「ああ、そうだね。リアムの力を借りないというのであれば、王宮の外へ出ることを認めようじゃないか！」

リアムは無表情だった顔を一瞬だけ崩したけれど、また元の無表情に戻った。

「それで結構です」

向こうは第一王子で、私は落ちこぼれ魔道具師である。離縁したのに許可がいるんですかと言いたいところだけど、ここで大騒ぎして不利になるのは私のほうだ。

「まあ！　サーラったら、のたれ死ぬつもりですの？　自分の力をわかってないのね！」

王宮を出た元妃が行きつくのは悲惨《ひさん》な未来――ここにいる誰もがそう思っただろう。

「すぐに君のほうから僕に頭を下げることになるよ」

「そうならないよう頑張ります」

私がすぐに泣きついてくるだろうと思っているルーカス様は、口元に笑みを浮かべた。

「わかった。そこまで決意が固いのなら一度王宮を出て、一人で暮らしてみるといい。君も厳しい現実を知るはずだ」

リアムがなにか言いたそうにしていたけれど、それをルーカス様が遮《さえぎ》った。

「リアム。絶対に手助けするなよ？　お前が手を出した時点でサーラを連れ戻す」

――やっと前に進めた。

王宮から出られたなら、こっちのもの！

最大の難関だった王宮のしきたり。それを破り、王都の町中に魔道具師の工房をもらえることに

なった。

リアムの力は借りないという厳しい条件付きではあるけれど、私は自由を得たのだ。

◆◇◆◇◆◇

——サーラがいなくなった後、わたくしは第一王子の妃の地位を得た。

それなのに、なぜ今さら戻ってくるのよ！

氷の中から奇跡的に生還したサーラ。ただ『生還した』だけなら、ルーカス様も興味を持たなかった。

それが、なにを血迷ったのかサーラは魔道具師になって働くと言い出した。

ヴィフレア王家に次ぐ身分である四大公爵家の令嬢が働くなんてありえない。

そのありえない選択をしたサーラに対し、ルーカス様は怒るどころか楽しそうに笑っていた。

——十年経っても憎たらしい女！　永遠に氷の中から目覚めなければ、よかったのに！

わたくしの足元には二つに折れた扇子《せんす》が落ちていた。

怒りに任せて壊してしまったけれど、これは曖昧《あいまい》な態度をとるルーカス様のせい。

——わたくしとサーラ。あなたが本当に愛しているのはどちらなの？

サーラとリアム様が去った後、ルーカス様は、広間の扉を黙って見つめていた。

サーラを追うことはないと思っていたけれど、不安がなかったと言えば嘘になる。

ルーカス様の妃にふさわしいのは、わたくしだけだとわかっていても——

『ソニヤ様は美しく優秀でいらっしゃる』

『ルーカス様の妃にふさわしいのは、ソニヤ様お一人だけでございます』

わたくしは周囲から、ルーカス様の妃になるのが当然だと言われて育ってきた。

それなのに、ルーカス様が結婚相手に指名したのはアールグレーン公爵家の【魔力なし】、サーラだった。

ルーカス様の言い分は『アールグレーン公爵家との関係を重視した』とのことだけど、それが本心かどうかは疑わしい。

身分だけを見れば、アールグレーン公爵家はわたくしの実家であるノルデン公爵家と同じ四大公爵家。とはいえ、誰一人として彼女が妃に指名されるなんて、予想していなかった。

サーラの父親であるアールグレーン公爵さえも『なにかの間違いでは？』と真顔で言ったのは有名な話だ。

容姿も絶世の美女というわけではない。なにもかも平凡、むしろ落ちこぼれであることを考えたら違和感しかない。

十年前、ルーカス様がなぜサーラを選んだのか、妻となった今も本心を聞けずにいる。

――わたくしのなにが不満だったと言うの？

十年連れ添ってもルーカス様の考えが理解できず、気持ちを探るしかない関係が続いていた。

「ねえ、ルーカス様。あんなことになったサーラがまだ生きていたなんて、驚きましたわね」

「そうだな。リアムがどんな魔術を使ったのか知らないが、よく氷の中から傷つけずに目覚めさせたものだ」

「ええ。王立魔術学院の院長は生存を否定し、リアム様は生きていると主張していらっしゃいました。けれど、リアム様が正しかったと証明されて、十年にわたる論争に決着がつきましたわね」

「ああ……」

ルーカス様が微妙な顔をしたのは、サーラを氷の中から無傷で救出したことで、リアム様の評判が上がったせいだ。

天才魔術師と呼ばれる弟にコンプレックスを持つルーカス様。ルーカス様もまた優秀な魔術師ではあるけれど、リアム様の足元にも及ばない。

リアム様は幼い頃から常人離れした魔力の片鱗《へんりん》を見せ、十歳で王立魔術学院に入学した後は飛び級で進学して歴代最年少の十二歳で卒業した。

ルーカス様は弟と同級生になり、共に卒業するという屈辱《くつじょく》を味わったのだ。

幼い頃から天才と呼ばれてきた弟へのコンプレックスは長い年月をかけて、不仲を通り越して憎みあうまでに育っていった。

「わたくしはルーカス様こそもっとも国王にふさわしい方だと信じておりますわ」

「当たり前のことをわざわざ言うな。僕が国王になると決まっている」

——ええ、そうよ。ルーカス様には国王になってもらわなければ困るわ。

その考えに変わりがないことを知り、ホッとした。

王妃の地位を期待して第一王子の妃になったのに、王妃になれないなんて冗談じゃない。

「リアムのことよりサーラだ。ソニヤ、君はどう思った？」

目覚めたサーラは妃の地位を失い、実家からも厄介者扱いされて惨《みじ》めな思いをしているはずだった。それが——

「すべてを失ったのに、落ち込んでいる様子がありませんでしたわ」

落ち込むどころか、サーラは大喜びで去っていったのである。

その態度が気に入らなかったのは、わたくしだけでなく、ルーカス様も同じ。

「氷に閉じ込められる前は素直で可愛かったのに、別人みたいに生意気だったな」

「それなら、ずっと氷の中にいたほうがよろしかったわね」

「リアムは余計なことをしてくれた。思い出は美しいままが一番だ。まあ、すぐに泣きついてくるだろう」

「ルーカス様のおっしゃる通りですわ。サーラは自分の実力のなさを思い知って、泣いて謝るでしょうね」

半人前の魔道具師が王都で工房を持つなど、不可能に近い。

王都に工房を構える魔道具師たちは、ヴィフレア王国内でもトップクラスの者ばかり。王立魔術学院時代から才能を発揮し、厳しい修業を経た者だけが到達できる世界だ。

それに、貴族たちはお気に入りの魔道具店でしか買い物をしない。

——誰が落ちこぼれ魔道具師の店に行くというの？

リアム様の助けがなくてもやっていけるなんて強がって、落ちこぼれが笑わせてくれるわ。

「さて、このままだと面白くない。どうしようかな？」

ルーカス様は、頬杖をついて目を細めた。

サーラはルーカス様を敵に回したのである。

本当に愚かなサーラ！

結局サーラは最後の最後で勝てないのよ。

十年前も今も、わたくしが有利なことに変わりはないようね。

「ルーカス様は公務でお忙しいでしょう？　サーラの件は、わたくしに任せていただけませんこと？」

「ソニヤに？」

「ええ。生意気なサーラが反省して、自分から王宮へ戻るように仕向ければよろしいのでしょ？」

「そうだね。さすがソニヤだ」

ルーカス様の『さすがソニヤだ』という聞き慣れた褒め言葉に、わたくしはにっこり微笑んだ。

——ねえ、サーラ。あなたはルーカス様から褒められたことはあるかしら？

きっと一度もないでしょう。

「妻のわたくしが、すべてうまくやっておきますわ」

「そうか。そこまで言うなら君に任せよう」

「ええ。期待してお待ちくださいませ」

大嫌いなリアム様と顔を合わせたせいで不機嫌だったルーカス様。だけど、わたくしの申し出に機嫌をよくして微笑んだ。

「それじゃあ、サーラのことは頼んだよ」

ルーカス様は、早足で広間から出ていった。

——また画家と音楽家に会うのかしら。たまには自分の子供と関わってくれたらいいのに。

王宮に招かれた画家や音楽家たちが、パトロンになってもらおうとルーカス様を待ち構えている。

売れない芸術家や音楽家たちを育てるのがルーカス様の趣味であり仕事で、ヴィフレア王宮が華やかなのはルーカス様とわたくしのおかげである。

「なにもわからないサーラはルーカス様をイラつかせるだけよ。その点、わたくしは夫をうまく扱えているわ」

そう確信したところで、さっそくサーラがこれから住む工房を手配することにした。

「ボロボロの工房を与えておけば、すぐに無理だと気づくでしょ。乞食《こじき》の真似事をするサーラを見るのも一興ね」

まずは広間から自室に戻る。

「ソニヤ様。おかえりなさいませ」

部屋には侍女たちが大勢控えていた。どの侍女もノルデン公爵家から連れてきた者であり、信頼できる。

――サーラのように罠《わな》にはめられ、氷漬けになるなんて御免よ。

誰もが王子の妃になりたいと思っているのだから、ノルデン公爵家の人間で周囲を固めるのは当然のこと。

わたくしはサーラのような失敗はしない。

ルーカス様の妃で居続けてみせるわ。

「お茶を用意いたしますか?」

「お茶より、王都の空き家リストを用意してちょうだい」

「かしこまりました」

商売をするなら、立地は重要な要素である。

わたくしがサーラの工房に選ぶのは貴族が寄りつかないような、王都の中でも目立たない裏通りのさらに奥に入った場所。

お人好しの貴族がサーラに同情し、施《ほどこ》しを与えては困るからだ。

わたくしはパン一つ、コイン一枚すらサーラに渡す気はない。

――それだけじゃなくてよ。裕福な暮らしをしていた公爵令嬢が、薄汚《うすよご》れた平民と同じ暮らしをするなんて屈辱《くつじょく》に耐えられるかしら？

「そうねぇ。工房だけでは生ぬるいわ」

いい案はないか考えて、ふと顔を上げると、中庭で働いている獣人たちの姿が目に入った。

本来なら、彼らはわたくしのような身分の高い人間に姿を見せてはいけない。

ルーカス様だったら、彼らに罰《ばつ》を与えているところだ。

――でも、今日は許してあげる。いいことを思いついたわ。

侍女を連れて中庭へ向かう。

獣人たちに魔術の知識はない。彼らは人間より身体能力が高いだけの【魔力なし】である。

だから、獣人たちは肉体労働者として雇われることが多い。ほとんどが貧しさから奴隷として売られた獣人で、買い手がつくまでは奴隷商人のもとで日雇いの仕事をさせられる。

自分の借金を返すまで、彼らは奴隷の身分から抜け出せない。

最下層の存在――そんな獣人をサーラの手伝いとして送り込んでみたらどうかしら？

足手まといな上に食いぶちが増えれば、より生活は苦しくなる。

――きっと面白いことになるわね。

リアム様を頼れず、お腹を空《す》かせて行き場のないサーラの姿を思い浮かべると笑えてきた。

「そこの汚《きたな》い獣人の子供を呼んでちょうだい」

「庭師ではなく、獣人を呼ぶのでございますか？」

「ええ。計画に必要なの」

回廊のふちから先へ出る気はない。

庭では庭師と獣人が作業している。雑草を抜き、泥だらけになっているのを見たら、わたくしの靴が汚《よご》れないか心配になってしまう。

わたくしが侍女に呼ばせたのは、茶色の髪に空色の瞳をした獣人の子供だった。ボロボロの服がみすぼらしい。痩《や》せていて、たいした力もなさそうに見える。

サーラの足枷《あしかせ》にするには手頃な駒《こま》に思えた。

「あ、あの……おれ、なにかしましたか……？」

獣人の子供は、自分がなぜ呼ばれたのかわからず、怯《おび》えた様子だった。

「本来であれば、この方はお前のような身分の者が口をきくことの許されない方。まずは、名前を年齢と言いなさい」

「はっ、はい！　おれはフラン。今年、十二歳になりました！」

わたくしの子供より二つ上の年齢――だから同情したというわけではない。

役に立たない獣人の子を『王宮からの手伝い』という名目で、サーラのもとへ送り込むつもりなのだ。

その計画にふさわしいかどうかを考えていたのである。

サーラは幼い子を邪魔だと言って追い出せるような性格ではない。それを考えたら、やはり獣人の子供が一番手頃な駒《こま》のように思えた。

「フランと言ったわね。お前はある魔道具師のもとへ赴《おもむ》き、仕事の邪魔をしなさい」

「え……？　手伝いではなく、邪魔をするんですか？」

「ずっと奴隷でいたいというなら構わなくてよ？　それが嫌なら、わたくしの命令に従いなさい」

「……おれが子供だから、妨害をしてもわかりにくいってことですね？」

「そうよ。悪意があってやっているかどうか、わからないでしょう」

頭は悪くないらしく、フランはすぐに自分の立場を理解し、なにをすべきか悟った。

けれど、獣人は獣人。

どれだけ賢くても獣人に近寄るなんてとんでもない。わたくしは持っていた金貨の袋を地面に放り投げる。

金貨が音を立てて散らばり、泥と砂で汚《よご》れた。

「ソニヤ様の施《ほどこ》しです。受け取りなさい」

それを拾えと侍女が命じる。

フランは顔をゆがめ、躊躇《ちゅうちょ》していたけれど、屈《かが》んで金貨を拾う。

「それは前金よ。うまくいったらお前の借金はわたくしが支払ってあげる。なんなら家族に会わせてあげてもいいわよ？」

フランがバッと顔を上げた。

「借金を？　奴隷じゃなくなるってことですか？　それに、家族にもって……」

「ええ。家族の行方も捜してあげるわ」

「自由にしてもらえる……。またみんなで一緒に暮らせるんだ……」

フランは嬉しさのあまり、目に涙を浮かべる。

獣人の奴隷は家族ごと売られることが多い。だが誰がどこへ売られたか突き止めるのは難しいのだ。名前を変えられる奴隷もいるし、他国へ売られることもある。

「喜ぶのはまだ早いわ。お前はサーラという魔道具師のもとへ行くの。その工房を失敗させるのが条件よ」

「はい！　ソニヤ様、ありがとうございます！　おれ、頑張ります！」

手頃な駒《こま》を手に入れることができた。

サーラは王宮に泣いて戻るどころか、本当にのたれ死ぬかもしれない。

そして、さらに追い詰める手段を思いついた。

「フラン。これを持っていきなさい」

「鏡ですか？」

「小さな鏡だけど、魔道具よ。そうね……。工房の周辺に置いてちょうだい」

「は、はいっ。わかりました」

フランはうやうやしく両手で鏡を受け取った。

「この子をサーラのもとへ連れていきなさい」

侍女に命じると、わたくしに忠実な彼女たちは余計な詮索《せんさく》はせず、目立たぬよう王宮の裏からフランを連れ出した。

——残念ね。サーラ。あなたの工房は始まる前から失敗するのよ！

十年も氷の中に閉じ込められていたというのに、目覚めたほうが不幸になるなんて、本当に可哀想なサーラ。

でも、あなたが悪いのよ。

落ちこぼれのくせに、わたくしからルーカス様を奪い、王子の妃の地位を手に入れた。

十年前、どれだけ、わたくしが恥をかいたか。

昔と変わらぬ姿で現れたサーラ。

その姿を目にした瞬間、憎しみが湧《わ》きあがり、自分が受けた屈辱《くつじょく》を思い出した。

わたくしの恨《うら》みが消えるには、十年の月日では足りなかったようだ——

第二章

なんて恐ろしい。

もしかしたら、私は本物の死神に連れてこられたのかもしれない。

この世界へ——

「お前はサーラの体に危害を加えるつもりか？」

——リアムという名の死神にね。

リアムがちょっと不機嫌な顔をしただけで、カラスたちが逃げていく。私だって逃げたい。

動物も近寄れないオーラを放つリアムから、私は散々文句を言われていた。

「危害って……。ただ自立した生活を目指すだけで、そこまで言わなくてもいいじゃないですか。

それに、この体は私の体でもあります。大切に扱ってますよ？」

「どこがだ？　なにが俺の力を借りずに生活しますだ！　外見はサーラでも中身はシバタルイなんだぞ？」

「ちゃんと区切って呼んでください。シバタルイって新種の生物みたいじゃないですか」

ずっと気になっていたけど、やっとリアムに言えた。

「シバタルイという新種の生物だろう」

「正確には異世界人です」

この世界で唯一、私の本当の名を知る召喚主であるリアムはヴィフレア王国の第二王子で、周囲から天才魔術師と呼ばれている。

落ちこぼれと連呼される私と大違いだ。

「シバタルイ、サーラの体に少しでも傷をつけてみろ。魂《たましい》だけを消す魔術を行使する」

「そんな魔術あるんですか？」

「研究する」

「研究してまでシバタルイを殺す気？」

この流れだと、本気で魂《たましい》を消滅させせられそうで怖い。

——リアムからすれば魔術は失敗だったのだろうし、私をサーラとは呼びたくないはず。

でも、外見はサーラである私をそう呼ぶしかないのだ。

リアムはサーラの目覚めを、心から待ち続けていたのだと思う。

サーラではない別の魂《たましい》だと知った時、リアムは動揺《どうよう》していた。

そんな姿を見てしまったのもあって、王宮からずっとついてくるリアムを突き放すこともできず、王都の通りを一緒に歩いている。

「サーラと別人すぎて、兄上たちが怪しんでいたぞ」

「おかしいですね。サーラにキャラを寄せたはずなんですけど」

「今の言葉は冗談だろうな？　まさか本気で言ったのか？」

リアムの目が今までで一番冷たい気がした。

「そもそもなぜあんな取引をした？　自分に不利な条件を出してどうする。だいたい魔道具師業界の事情を理解した上で、自分の工房が欲しいと望んだのか？」

「業界事情なんて、まったくわかってないですよ。異世界初心者だし。でも、王宮から出られたので、結果オーライです！」

勝ち誇《ほこ》った笑みを向けると、イラッとした顔をされた。

「いくら顔がサーラでも、その得意顔を見ていると殴り倒したくなるんだが」

「魔術師なのに物理攻撃ですか？　そんなのがっかりですよ。とにかく、私たちは運命共同体。仲間割れはやめましょう」

「誰が仲間だ。俺は目覚めさせた手前、サーラの体を守る義務と責任があるだけだ」

「はぁ……。義務と責任ですか……」

十二歳の頃から、このツンぶりは変わってない。なお、デレは旅に出たまま永遠に帰ってこない模様。年上の人たちに混じって生活していたから、虚勢《きょせい》を張るのが癖《くせ》になっているのだと思う。

二十二歳になった今も、ご覧の通り素直になれず、とがっている。

「工房の住所は表通りから離れた裏通りだ。それもこの地区に魔道具を購入するような層はいない。わかりやすい嫌がらせだ」

王都で表通りと呼ばれるのは、王宮を中心に、外へ向かって伸びる八本の広い道のことである。

それ以外の道を裏通りと呼び、王宮や表通りから離れた場所ほど、住む人々も貧しくなっていく。

「道理で王宮から遠いはずですね」

お金がないので、与えられた工房まで王宮から徒歩で向かっている。

ありがたいことに、若々しい十八歳の健康な体のおかげで体力だけはある。

私の持ち物は身の回りのものが入ったトランクと魔道具師の道具が入ったバッグのみ。王宮を出る時、お金に換えられないよう持ち物も厳しくチェックされた。

なお、リアムは手助けしてはいけないルールのため、私のトランク一つ持てない。

持てたところで、手伝ってくれたかどうかは怪しいけど……

「失敗した後の生活について、今から相談しておくか？」

「いいえ。必要ありません」

足を止め、道端に落ちていた石ころを一つ拾う。

ウエストバッグから魔道具師の仕事道具、携帯用ヤスリを取り出した。

「魔道具師の道具を持たせてもらえたのは幸運でした」

石ころ程度なら、この携帯用ヤスリでじゅうぶんだ。ランクの高い石――たとえば、リアムが身につけているような魔石を精製するには使う道具もこだわらなくてはいけない。

原石に含まれる魔力が強すぎると、道具が負けて壊れてしまうからだ。

とはいえ、今のところ私が使う程度の魔石なら、王宮でもらった道具でじゅうぶんだ。

私が拾った石は、わずかに赤みを帯びて見える。これはスキル【鑑定】のおかげである。

「この石は火の魔石になりますね」

魔道具師が持つスキル【研磨】を使い、ヤスリで磨くと魔石に変化する。

なお、魔術師が魔石を作る際は、風魔法か風の魔術を使う。

魔法と魔術――この世界では、魔法と魔術は別物として位置づけられている。

『魔法は生まれながらに、身についているもの』

『魔術は儀式や道具を必要とするもの』

どちらも魔力を使うことには変わりないが、魔法は生来の能力だ。魔術に比べるとあまり強力ではないとされるが、代わりに身一つで発動できる。魔力の有無と同じように、魔法を使えるかどうかは生まれた時に決まっている。

対して魔術は方法が体系化されており、魔力さえあれば使うのに本人の資質自体は関係ない。とはいえ儀式や道具、術式を必要とするため、魔力に加えて知識や技術が必要になるものだ。

基本的に、魔法が使えれば魔術も使えるため、彼らは魔術師と呼ばれる。

私のような魔力を持たない者は、どんなに努力しようと魔術師にはなれない。

けれど王立魔術学院に入学し、魔道具師の知識を得てスキルという概念を手に入れたなら、魔力がなくても魔道具師になれるのだ。

ただし王立魔術学院へ入学を許可されるのは、一部の例外を除いて王族か貴族のみ。結局、魔道具師になる者のほとんどは王族や貴族に限られている。

「おい、落ちているものをなんでも拾うな」

「拾い食いはしてませんよ？　石ころです。魔道具師のスキルは使わないと向上しませんし、石ころであっても【研磨】すれば、速度を上げる基礎能力の鍛錬《たんれん》になります」

「速度を上げる？　スキルの向上は、ランクの高い石を【研磨】して魔石にするためで、速度はさほど重要ではないと思うが……」

「重要です。スキルは魔法や魔術と違って、一度に大量の石を【研磨】できません。商売をするなら魔石が大量に必要になります」

「そうか」

リアムは返事をしたものの、怪訝《けげん》そうな顔をしている。

魔法や魔術でも魔石の【研磨】はできるが、万能ではない。

素材となる石のランクが高くなると、魔道具師のスキルでなければ魔石を精製できないのだ。だからランクの高い石の【研磨】ではなく、石ころクラスの魔石に労力をかける意味がリアムにはわからないのだろう。

「お前は呆れるくらい前向きだな」

リアムは私が【研磨】のスキルで石ころを魔石にするのを眺《なが》めていた。

魔石になった石ころはルビーみたいな赤色で、キャンディのようだ。太陽の光に照らされ、きらりと輝いた。

「やっぱり属性は火ですね。こんな面白いものが、この世界にはあるんです。前向きにしかなれないですよ」

魔石になった石ころを得意げに見せると、さっきまで口うるさかったリアムが黙った。

「たとえ、石ころであっても、魔石はどれも綺麗です」

魔石は多様な属性を持つ。

他にも属性変換、魔力増幅、詠唱速度上昇などの力を秘めた無属性魔石も存在する。ただし、ものすごくレアで市場になかなか出回らない。よくある魔石は四大元素、火土風水の属性のもので、これらはレアな魔石に比べて扱いやすい。

「石ころクラスの魔石はくず石より使い道がない。一瞬しか効果がないと知っているだろう?」

私はもちろんですとうなずいた。

サーラが受けていた授業を一緒に聞いていたから知っている。

「興味があるのはわかるが、使える石は採掘場でしか手に入らない。無駄に石ころを【研磨】するな」

採掘場で手に入る石を【研磨】すると、高ランクの魔石になるのは知っている。

火の魔石であれば、透き通った赤い石の中に炎が燃え盛り、まるで石が生きているように見える。

ランクの低いものとは含まれる魔力の質や量が違うためだ。

でも、石ころクラスの魔石もじゅうぶん綺麗で、ロウソクのような優しい火が石の中にゆらめいて見える。

「石ころクラスの魔石であっても、魔石は魔石です」

「ゴミだろう」

「大事な素材ですよ」

リアムは変な顔をした。それも仕方のないことだ。

ヴィフレア王国は魔石によって生活が成り立っている国である。

平民たちは魔力を持たず、魔道具師のスキルもないため、生活に必要な魔石を購入して暮らしている。ただし、浄水装置は王宮の管理下にあるため、町の水汲《みずく》み場は常に美しい水が流れ出ていて、水だけはタダで使える。

問題は火である。

家のランプやコンロに使う火の魔石は、雑貨屋などで購入しなくてはならない。

ランクの高い魔石は値段も高い。たいていの家はランプだけを魔石に頼り、コンロは価格が安い薪《まき》、もしくは石炭を使うのだ。

「言っておくが、石ころクラスの石を【研磨】して売ろうとしても無駄だぞ。一瞬しか効果のない魔石は誰も買わない」

「もちろん、わかってます」

「俺の力があれば人間一人の姿を隠すことくらいたやすいが、どうする？」

リアムは王宮を出てから、ずっとこの調子で、私をどこかに逃亡させようとしてくる。

「駄目です。ただでさえ、ルーカス様とリアムの関係は最悪なのに、ここで私が約束を破って逃げたりしたら、面倒なことになるのはリアムのほうでしょう？」

図星だったのか、リアムは黙った。

異母兄弟である二人はサーラの記憶を見ていただけの私でさえわかる不仲ぶりだ。その関係の悪さは、母親が違うというだけが理由ではない気がする。

「リアム、大丈夫です！　工房の立地だって、魔道具を購入する層が住んでいないというのなら、そこはまだ空白地帯。これから魔道具を購入する層に変えられるってことですよ！」

「魔道具を買えない層だ」

私の前向きさを打ち砕いて、リアムは深いため息をついた。

それでも私は諦めない。

「買える魔道具を作ります。……それにしてもリアム。魔道具師の工房って、表通りにしかないんですね。それ以外の職人の工房は裏通りに集中しているみたいですが……」

ヴィフレア王国には魔道具の基《もと》となる武器や防具、道具を作るための職人が大勢いて、裏通りにはそんな職人たちの工房が多い。

今も煙突から白い煙が幾筋も上がり、鉄を叩く音や木材を切る音が聞こえてくる。

「そうだな。王都で工房を持てる魔道具師は限られている。王立魔術学院を上位の成績で卒業し、厳しい修業を終えた魔道具師だけが、工房を持つ」

「それで、身の程知らずって顔をされたわけですか」

誰も気づいてないようだけど、実はサーラの【研磨】と【鑑定】スキルのレベルは高い。

不器用でのんびり屋だったため落ちこぼれ呼ばわりされていただけで、サーラは努力家でコツコツ時間をかけるタイプだったのだ。

お金持ちだったおかげで、レアな素材や高価な物にも目が利く。

少なくとも私は、他の魔道具師に比べて力が劣っているとは思わない。

「それにしても、表通りの店はみんな派手で目立ちますね」

高級品が並び、利用客は貴族などの裕福な人々ばかりである。

そんな表通りから奥の裏通りへ入り、さらに奥へ入っていく。

徐々に薄暗くなり、立ち並ぶ建物が壊れて汚《よご》れたものに変わる。住んでいる人たちも貴族ではなく、貧しい人々が多い。

私とリアムが通りを歩いていると、人々から好奇の目を向けられた。その視線が不愉快だったのか、リアムは住人たちをにらみつける。彼らは目が合った瞬間、怯《おび》えた様子で家の中へ逃げていった……

「やめてください！　ご近所関係が悪くなります！　ご近所とは持ちつ持たれつの関係ですよ。そんな敵を威嚇《いかく》するような目で見ないでください」

「うるさい。いつも通りにしているだけだ。それより、本当にここで暮らすつもりか？」

ここまでついてきたリアムだけど、今すぐにでも私を引きずって帰りそうである。

「もちろんです。ほら、見てください。ここが私の工房となる家ですよ」

「家？　これが家？」

辿《たど》りついた住所にあったのは、ボロボロの空家だった。

私とリアムは顔を見あわせて沈黙した。

外れた窓枠が風でガタガタ音を立て、私たちを笑っているようだ。

色褪《いろあ》せた外壁は剥《は》がれ落ちて、伸びた緑の蔦《つた》がぐるりと家を覆《おお》い、虫でもいるのか、小鳥がその蔦《つた》をつついている。

庭の草木も伸び放題だった。草をかき分け玄関の扉まで歩くと、人の気配を察したネズミのような小動物が走っていった。

「これでわかっただろう。向こうはお前を魔道具師として成功させるつもりはない」

リアムは胸の前に腕を組みながら私に言った。

――この工房を選んだのは、ルーカス様かソニヤか……それとも二人で？

わからないけど、私を王宮へ戻そうとしているのはたしかだ。

「俺の屋敷へ行くぞ。ここで暮らすのは無理だ」

「やりがいがありますね」

「は？」

まだ触れてもいないのに、木のドアは風でギイギイ軋《きし》む音を立てている。

でも、大丈夫。

壊れているなら修理すればいいだけ。ここが更地じゃなくてよかった。

「屋根がある家で安心しました。雨風を凌《しの》ぐにはじゅうぶんです」

「まさか、こんな家に本気で住むつもりか？」

「そうです」

外にいてもなにも始まらないので、さっさと家の中へ入る。

私の荷物はそれほど多くなかったから、あっという間に片づいた。

「まずは掃除をして住めるようにしないと……」

「住む？」

「はい！　タダでいただいた家ですし、贅沢《ぜいたく》は言えませんよね！」

ありがたいことに、前の住人が残していった掃除道具と大工道具が置いてあった。私はさっそくエプロンをつけて掃除から始めることにする。

「わぁ！　井戸じゃなくて、水の出る蛇口がちゃんとついてるじゃないですか」

「そうだな。使ってみろよ」

リアムが挑発的な態度で私に言った。

水道の蛇口をひねると、出てきたのは茶色やさび色の濁《にご》った水だった。しかも、ゴミが混じっている。

「ぎゃあああ！」

水は綺麗なものだと思っていた私の認識がくつがえされた。

「これでも住むつもりか？」

「そのうちなんとかしますからっ！」

今日は近くの水汲《みずく》み場で水を汲《く》んで、室内の掃除にとりかかることにした。

見たところ部屋の数は多く、広い。

それも二階建てで、一階部分を店として使えそうだ。

私を手伝えないリアムはイライラした様子で庭と工房を眺《なが》めていた。

「どうやって稼ぐつもりだ？　素材を買う金すらないんだぞ？　せめて、魔石をもらうべきだったんじゃないか？」

なにか言っているリアムを放置し、黙々と掃除を続ける。

無視するなとか話を聞けとか騒いでいるけど、その声すら今の私には心地よい音楽のよう。

掃除が一段落しても、リアムはまだ残っていた。

「宮廷魔術師の仕事があるのに、ここにいていいんですか？」

気を利かせたつもりが、逆にムッとされてしまった。

「護衛をしているつもりなんだが？」

「でも、早く仕事に戻らないと……」

叱られますよと言おうとして、リアムが宮廷魔術師の中で一番偉い立場であることを思い出す。

その瞬間――誰かが壊れたドアを開ける音がした。

リアムが魔法を放とうと構えたのを見て、慌てて腕にしがみつく。

「リ、リアム！　待ってください！」

私が止めたのは、入ってきたのが不審者ではないと判断したからだ。

飛び込んできたのは可愛い獣人の少年で、リアムじゃなくて私を見ていた。

少年は目を潤《うる》ませて、次の瞬間、衝撃的な一言を放つ。

「お母さん！」

――お母さん？　サーラって子持ちだったんですか？

感動の再会というように、少年は私に抱きついた。

突然のことに驚いたのは私だけじゃなく、リアムも同じ。

「私、母親だったみたいです」

それも、犬に似た茶色い耳付き少年の母親らしい……？

可愛い耳に人懐《ひとなつ》っこい目、もふもふした毛とお日様の匂い。茶色の毛並みは前世で飼っていた犬を思い出して、とても懐《なつ》かしくなった。

「願いが叶いました……。ポチ……」

王宮で触りたいのに触れなかったのもあって、茶色の耳に頬をぎゅむっと押しつける。

強く抱きしめすぎたのか、拒絶されてしまった。

「まっ、待てよ！　なっ、なんで、なにも聞かずに抱きしめてるんだよーっ！」

「私がお母さんなら、ここは感動の再会のシーンですよね？　抱擁《ほうよう》しあうところじゃないんですか？」

「ち、ちがっ……！　え？　いや、それで合ってるのか……？」

自分から『お母さん』と言ってきたくせに、私がすんなり受け入れたら混乱するなんて、ちょっと詰めが甘いんじゃないですかね？

髪は茶色で瞳は空色、頭には本物の犬耳が生えている。

ピョコピョコ耳が動いているから、本物で間違いない。

「おれが何者なのか、聞かないのか」

私の記憶の中にある茶色の毛並みとつぶらな目。そして、犬。

心当たりは一つしかない。

「あっ！　もしかして、あなたはっ……！」

「えっ？　まさか、おれのこと知ってる？」

「ポチっ……！」

私を追ってポチも転生してきたのかもしれない。あまりの感動に涙が込み上げてきた。

「私を心配して……そんな……忠犬……」

「や、やめろ！　おれの耳に顔をこすりつけるなぁっ！」

「ポチの毛はお日様の匂いがするんですよ」

「匂いをかぐな！　や、やばい！　こいつ、変態だ！」

お母さんだったはずが、子供から変態呼ばわりされるとは、納得いかない。

もしかして、ポチも私を拒否っていた？

――いやいや、そんなまさか。

耳にぐりぐり頬ずりしていると、窓の外から声が聞こえてきた。

「あの子の母親？」

「まさか、年齢的に無理があるわよ」

私たちのやりとりを聞いた通りすがりの人たちが、こちらに冷たい視線を向けている。

これって、ワケアリ女だと思われてしまったのだろうか。

裏通りにひっそりと店を構える、大人のワケアリ女性……

「悪くない設定ですね」

「なにが悪くない設定だ！　サーラが子持ちなわけないだろう！」

さっきまで固まっていたリアムが我に返った。

しかも魔法を使うつもりなのか、大気が震え、手に魔力が集まっていくのがわかる。

魔法は魔術より強力じゃないって、王立魔術学院の授業で教わったはず。なのにリアムが使う魔法はレベルが違う。

——もしかして、私たち、まとめて消し炭にされてしまう？

転生したばかりなのに、早くも訪れた死の予感。

「ま、ま、待ってください！　私の体の安全を第一に考えてください！　守る義務と責任があるって言ってたじゃないですかー！」

私の絶叫が耳に入ったのか、リアムは渋々魔力を散らした。止めなかったら、この家は吹き飛んでいたはずだ。

私にとってリアムの危険度はある意味、ルーカス様やソニヤよりも上をいく。

「怪しい獣人だ。早いうちに始末しておく」

「早すぎます！　まだ名前も名乗ってませんよ？」

「名前が必要か？」

私と獣人の少年は震え上がり、お互いの手を握った。

「お、おれは怪しくないぞ！　今のはちょっとした冗談だったのに、そっちが勝手に抱きついてきたんだろ！」

「冗談だと？　言っていいことと悪いことがある。次にまた同じことを口にしたら毛の先すら残さず一瞬で焼き尽くしてやる」

リアムは本気だ。

いつでも魔術を使えるように魔石に手を触れている。

「リアム、待ってください！　ここは私の工房ですよ！　この子をどうするかは、私に決める権利があります」

「なにがこの子だ。今すぐ母親ごっこをやめろ。お前はこの命知らずの獣人の子をどうするつもりだ？」

これから、この子をどうするか――じっと獣人の子供を観察する。

彼の体は痩《や》せ、服も汚《よご》れてツギハギだらけだ。

「おれは王宮から手伝いをしろと命じられて、ここに来たんだ」

「手伝い？　邪魔の間違いだろ」

「ちっ、違う！　手伝いだ！　侍女が一人もいなくて大変だろうからって、王宮からの配慮だよっ！」

「王宮からの配慮だと……」

リアムがなにか言おうとしたのを私は遮《さえぎ》った。

「わかりました。王宮から派遣されたお手伝いさんなら問題ありませんね。一緒に暮らしましょう」

「正気か？　こいつが味方とは限らない」

すでに少年を敵と認定しているリアムは、頑《かたく》なに反対の姿勢を崩さない。

「王宮公認で私のお手伝いをしてくれるんですよ？　リアムは手伝えないですし、人手があるほうが助かります」

「人手は必要だが、その圧倒的に不利な条件を呑んだのはお前だ」

リアムの手を借りないという条件を受け入れた私。それをまだ恨《うら》んでいるのか、態度も言葉もトゲトゲしい。

「死にそうになったら言え。死なせるわけにはいかない」

――私ではなく、サーラをね。

親切で言ってくれているのはわかるけど、なんだかちょっと引っかかった。

「俺は仕事があるから、いったんここを離れるが、なにかあったら知らせろ」

そう言ってリアムは、ふわふわした白いクラゲみたいな物体を召喚した。

向こうの側の風景が見えるほど透き通った、宙に浮く不思議なクラゲ。このクラゲの正体は下級精霊だ。

リアムは術式や詠唱を必要とせず下級精霊を召喚し、使役できる。精霊を精霊界から呼び出して留めておく間は常に自分の魔力を削《けず》っている状態だというのに、平然としていた。

魔力が多いリアムだからできる芸当であって、誰にでもできることではない。

「これは手伝いのうちに入りませんか？」

「手伝いじゃなく護衛だ。文句を言ってきたら、そう伝えろ」

「は、はあ……」

魔王のような威圧感で言われたら、なにも言い返せなかった。

「そこの獣人。話を聞いていたと思うが、お前は監視されている。おかしな真似をしたら、命の保証はない」

リアムににらまれ、獣人の子供は震えていた。

私も同じ立場だったら、きっと震えたと思う。

「俺がいなくなったと思って、羽目を外しすぎるなよ」

そう言ってリアムは出ていった。とはいえ、監視役のクラゲ精霊ちゃんがいるので、言動には気をつけなくてはならない。

クラゲ精霊ちゃんは私が警戒していることなど知らないように、のんきにふわふわと漂《ただよ》っている。

「な、なんて危険な職場だよ！」

「大丈夫ですよ。おかしなことをしなければ……たぶん」

「う、うん……」

「まずは、あなたの名前を教えてもらえますか？」

気を取り直して、王宮から派遣されたという獣人の子供に向き直る。

「おれはフラン。狼の獣人で、十二歳になったばかりだ」

「フランですか。可愛い名前ですね。これから、よろしくお願いします！　私のことは、サーラって呼んでください！」

「あ、あれ？　公爵令嬢だよな……？　なんか気さくすぎないか？」

フランは私を怪しんでいるようだ。

上品な公爵令嬢を演じていたはずが、いつの間にか地が出てしまっていたらしい。

「え、えーと！　それはもう過去のことです！　別れた夫と共に過去の私は捨てました」

「そっか……」

とっさに思いついた言い訳に、フランが真面目な顔をしたので、ちょっと良心が痛んだ。

「だから、ここにいるのは魔道具師のサーラです。フラン、母子二人で頑張っていきましょうね」

「お母さんって呼んだのは、冗談だって言っただろ……！」

「同じ屋根の下、一緒に暮らすんですから、私とフランは家族同然ですよ」

フランの手をぎゅっと握って微笑むと、彼は泣き笑いのような表情を浮かべた。

――もしかして、本気で嫌だったとか……？

ちょっとショックだったけど、手を振りほどかれなかっただけ、よしとしよう。

「では、フランは家の掃除をお願いします。私は石ころを【研磨】して、お金を稼ぎます」

「今から？」

「実は私、手持ちのお金がほとんどないんです！　明日の食費もピンチなほどに！」

新生活、第一日目。

食費すら足りてない厳しい家計事情を知った同居人は、顔を引きつらせた。

「明日の食費もないって……。よくそれで、おれを受け入れたな！」

フランは目に見えて動揺《どうよう》した。

公爵令嬢であり、第一王子の妃だった私がここまで貧乏だと思っていなかったらしい。

手持ちのお金は少なく、かき集めたとしても二日分の食費程度だった。お金になりそうなものは持たせてもらえなかったのだ。

加えて、今は同居人ができた。となると食費も二人分。単純計算で、一日分の食費しかない。

「あのさ……。さっきから、石ころを集めてるみたいだけど、石ころクラスの魔石なんて売れないって知ってる？」

フランが不安そうな表情を浮かべ、私に言った。

「素材として使えば、石ころでも売れるようになりますよ」

「いや、だってさ。一瞬しか力を発揮しない魔石なんか役に立たないよ」

フランは心配そうな顔をして、リアムと同じことを言った。

「そう思う人が多いからこそ、商品になると思ったんです」

私は魔道具師の装備品であるゴーグルと手袋、エプロンを身につけ、作業を開始する。

庭の石ころを拾ってきて、ブラシと布で洗い、ゴミを落とす。

綺麗にした石ころは、魔道具師スキルの一つ【研磨】で、魔石になるまで地道に磨く。特殊なヤスリで磨き続けると、魔石になるのだ。

魔石が完成したら、頭上のゴーグルを下ろし、ハンマーを構えた。

「スキル【粉砕】！」

ハンマーを振り下ろし、魔石に叩きつけると、魔石が粉々に砕けた。それをさらに【粉砕】し、粉末状になるまで細かくする。

「完成です」

「完成？　粉にしたからって効果は変わらないよ……。石ころは石ころだ」

フランは心配そうな顔をしていた。

「あっ！　お風呂掃除をしてくれたんですね」

私が魔石の精製をする間、フランは本当に家の掃除をこなしてくれたようだ。

「サーラが掃除しろって言うから、掃除したんだよ。おれは王宮からの手伝いだし、自分の仕事をしただけだ」

フランはとても真面目で仕事も丁寧、頼んだことはきちんとしてくれる。リアムは疑っていたけど、素直でいい子だと思う。

お風呂好きな私としては、綺麗になった浴槽を見て大満足だった。

台所には鉄製のかまどがある。

薪《まき》か石炭、魔石などで火を用意できれば、コンロとオーブンが使えるらしい。石ころを精製した魔石でも火花くらいは散らせるため、マッチの代わりに使って、枯れ草に火をつけた。

裏庭にあった木の枝を交互に重ねて、試しに燃やしてみる。

白い煙がモクモク出てきて、あっという間に台所が煙で充満した。

「けほっ！　け、煙がっ……」

燃えた枝から出てきた煙が目に染みる。

コンロの火力調整もうまくできない。

「お、おい！　なにしてるんだよっ！」

「フラン、助けてください！」

「湿った枝を入れるからだろ。……けほっ！」

フランは咳き込みながら、モクモク出てくる煙をなんとかしようと、湿った枝を取り出してバケツに避難させた。そして乾燥している枝を選んで投入する。

「危険だよ！　使い方がわからないなら、まず聞いてくれないと！」

「す、すみません……」

気がつくとクラゲ精霊ちゃんがそばにいて、いつでも火を消せるようにホースの形になっていた。

――あっ……。そこまで危険でした？

クラゲ精霊ちゃんをまじまじと見つめた。

リアムにもこの危機が届いていそうなので、クラゲ精霊ちゃんに大丈夫ですとジェスチャーしておいた。たぶん、クラゲ精霊ちゃん越しに伝わったと思う。

ふうっと息を吐き、額の汗をぬぐう。

「フラン。ありがとうございます。命拾いしました……」

キャンプファイヤーを想像して、あんな感じで枝を積み上げて火をつければいけると思ったけど、駄目だったらしい。危うく家がキャンプファイヤーになるところだった。

「そこまで、しょげなくても。公爵令嬢なんだから、できなくて当たり前だって。それより、さっそくお湯を沸《わ》かしてるみたいだけど、このお湯はなにに使うんだ？」

「お風呂のお湯ですよ」

「風呂にお湯？　こんなにたくさん？」

その言葉を聞いて、私は重要なことに気づいた。

食事より優先するべきは、お風呂だと！

「フラン。お湯を沸《わ》かして浴槽に溜めてもらってもいいですか？　ぬるめでいいのでお願いします」

「ふうん？　わかった。とりあえず、お湯を沸《わ》かして運ぶよ」

フランは獣人だけあって、人よりすばしっこくて力持ちだった。二階から一階まで飛び降りても平気で、さっきは重い食器棚を軽々持ち上げて掃除していた。

お湯を運び終えたフランが、作業中の私の手元を覗き込む。

「サーラ。これ、なに？」

私は家の中にあったゴミの山から、古紙を持ってきてクルクルねじっていた。ねじった紙の先端に、粉末にした火の魔石を少しだけつける。

その上から、土の魔石の粉末を練った塗料《とりょう》をかぶせた。

「細長くねじった、紙の束？」

「ただの紙じゃありません。試しに使ってみますか？」

「う、うん。なんだろ……」

想像がつかないらしく、フランは紙の束を不思議そうに眺《なが》めている。

「安全のため、外に出てバケツに水を用意してください」

「わかった」

フランは興味津々《きょうみしんしん》で、言われた通り工房前の道端に水が入ったバケツを置いた。

「では、フラン。まずは、私がやるのを見ていてくださいね」

石ころクラスの火の魔石を用意した私は、それに紙の先端を触れさせる。小さな火花が散って火がついた。

火がついた先端はパチパチと音を立て、色鮮やかな火花を散らした。

「わぁ……！」

フランは子供らしい表情で目を輝かせ、花火を見つめた。

黄色や緑、オレンジに赤と青——夕暮れの町に鮮やかな花が咲く。

工房から帰る途中の職人がこちらを見て、買い物途中の母親と子供が足を止めた。

「手持ち花火です」

一瞬しか使えない石ころクラスの魔石。その短い効果時間を利用し、時間差で反応するようにした。

魔石を粉末にして紙に塗《ぬ》って、火をつければ火花が発生して花火のようになる。

「これが花火？　花火って、空に打ち上げるものじゃないの？」

この世界には打ち上げ花火しかない——とサーラの記憶を探って知った。

だからこそ、この世界でまだ誰も見たことのない手持ち花火を作ったのだ。

「どうぞ。フランの分です」

手持ち花火の束を渡すと、フランは嬉しそうに火をつけて、花火を楽しんだ。

「サーラ！　これ、すごく楽しいよ！」

「喜んでもらえて嬉しいです」

無邪気に楽しむフランの姿は、道行く人たちの興味を引いた。皆、手持ち花火が気になるようで、足を止めて眺《なが》める。

裏通りの道が薄暗くなっていく中、花火の火は美しさを増す。

とうとう我慢できなくなった子供が一人、親におねだりを始めた。

「あれ、ほしーい！」

「売り物かな？」

「手持ち花火だってさ。あんなの初めて見た」

これはいい反応――そう思っていると、見物人がどんどん集まってきた。

通行の邪魔になるくらい集まったタイミングで、私は群衆に声をかける。

「ちょっとした夜のお楽しみにどうですか？　手持ち花火は一束五回分、銅貨一枚です！」

売り物だと知らせた瞬間、人々がわっと殺到した。

「きれーい。私もやってみたい！」

「ふむ。子供のお土産にいいかもしれんな」

「本当に銅貨一枚でいいのか？」

「はい！　お子様のお土産にどうぞ。安全のために必ず水を用意して、外で楽しんでくださいね！」

五本一束にしたものを三十セット。今日はあまり時間がなかったので、それが限界だった。

「並んでくださーい！　一人一束、先着三十名様まででーす！」

「先着三十名だと？」

「なんだって！　大変だ。すぐに売り切れるぞ！」

魔法の言葉『先着○○名様』――この呪文を唱えることにより、人々の心に焦《あせ》りを生む。

迷っていた人も、すぐに決断し、あっという間に売り切れた。

「銅貨三十枚、手に入りましたね。このお金で、数日分の火の魔石とパンを買ってきます」

「う、嘘だろ。石ころと古紙で作った物が銅貨三十枚……」

フランは銅貨を眺《なが》め、呆然としていた。

私は銅貨を握りしめ、急いで閉店前の雑貨屋に向かった。

買い物を終えて家に戻ると、すでに日は暮れていた。

家の中は真っ暗だ。火の魔石を使う天井照明とランプがあるけど、今の財力ではランプが限界である。効果の継続時間によって魔石の価格は変わる。購入した火の魔石は中級クラスの中でも質の低いものなので、数日しか持たないのだ。

それでもないよりマシで、真っ暗だった部屋をオレンジ色の明かりが照らすと、心まで明るくなった気がする。

「良い原石があれば、もっと簡単に魔石を手に入れられるんですけどね」

残念ながら、原石を売る店は裏通りにはないようだった。

「フラン。石を売っている店を知りませんか？」

魔石になる前なら、もっと割安のはずなのではと思って聞いてみる。でも、フランは呆れたように質問を返してきた。

「あのさ、サーラ。魔道具師じゃないと使えない石を裏通りで売ったところで、誰が買うと思う？」

「あ……」

王立魔術学院に入学できるのが王族と貴族だけである以上、魔道具師になれるのも貴族たちに限られる。裏通りの人々は原石があっても、魔石を精製できないのだ。

「そりゃあ、売るなら魔石だけですよね」

「うん。だから原石が欲しかったら王宮の管理下にある素材店で購入するか、自分で仕入れルートを開拓するかのどちらかだよ。でも、原石は王宮の許可がないと王都には持ち込めないようになってる」

「表通りの素材店へ行くか、近くの工房で分けてもらうしかない、ということですね」

「そういうこと」

私が思っていた以上に、表通りと裏通りの格差は大きいようだ。

王族や貴族だけのものとして扱われている魔道具。

王宮には魔道具を使った噴水《ふんすい》があったけれど、庭師の仕事道具は普通の道具だし、獣人に至っては素手で作業をしている者もいた。

――もしかしたら、王宮から派遣されたフランも奴隷なのでは……？

痩《や》せた体とボロボロの服が気になる。

フランがため息をついた。

「庶民にとって、魔石はすごく高価なんだ。ランプのために使う火の魔石一年分で、ひと月分の給料が吹っ飛ぶ人も少なくないよ」

公爵令嬢で箱入り娘だったサーラにとって馴染みのない、物の価値や相場の話。これは貴重な情報である。自分で買い物をすることもなければ、家事をする必要もない暮らしだったのだから。

フランは、ここでの生活が私に向いてないと思ったのか、王宮へ帰るよう勧めてきた。

「王宮へ戻ったほうがいいと思う。生活知識がないんじゃ、裏通りで商売なんかできるわけないよ」

「私がわからなくてもフランがこうして教えてくれるでしょう？　大丈夫です。すごく助かってます」

「おれが教える？　サーラの生活を助けてる……？」

フランは混乱していたけど、私は気にせず、疑問に思ったことを質問した。

「魔術師と魔道具師に、例外はいないんですか？　たとえば、獣人の魔道具師とか……」

「それはない。ヴィフレア人でさえ金を積んで貴族の養子になるか、才能を見出されるかしないと学院に入学できないんだ。それこそリアム様みたいな天才じゃないと」

「リアムくらいの天才って、そうそういない気がするんですけど……」

「それくらい難しいってことだよ。それだけじゃない。魔道具師が作った魔道具は庶民には手が出ない物ばかりだ。もちろん、おれらみたいな最下層の獣人には……」

サーラは獣人たちが住む国へ行ったことがないけど、そこはあまり裕福ではないと、王立魔術学院の地理の授業で習った。

出稼ぎに王都へやってくる者はまだマシで、貧しさのあまり奴隷として売られる獣人が後を絶たないのだとか。

フランはうつむき、自分の服を握りしめていた。耳が垂れ、しょんぼりしているのがわかる。

「フラン。獣人はすごいです」

「な、なんだよ！」

「私が二階から飛び降りたら怪我をしますし、重い物も一人じゃ運べません。でも、フランは身軽だし、重い物も軽々と持ち上げていましたよね」

「それは生まれつきだし」

「獣人の身体能力はすごいですよ。フランに手伝ってもらえて助かりました。私の自慢の息子です」

「だから、それは冗談だって言っただろっ！」

照れ臭そうに言ったフランは年相応の十二歳に見えた。

でも、その可愛らしい表情はすぐに消えてしまう。

「言っておくけど、のんきにしていられるのも今のうちだけだ。世の中、上の人間には逆らえない。そんなふうにできてるんだよ……」

フランもきっと、多くの理不尽さを味わってきたんだろう。

さっき、花火を買ってもらった子供を羨《うらや》ましそうに眺《なが》めていた。売られて奴隷にされたなら、家族とも引き離されてしまったのではないだろうか。

手を繋ぎ、笑いながら帰る親子の背中が遠ざかっていくのを、フランは目で追っていた。

◆◇◆◇◆◇

獣人はヴィフレア人との争いに敗れ、肥沃《ひよく》な地を奪われた。

彼らが貧しい暮らしを強いられるようになったのは、千年以上も前のこと。土地を追われた獣人は身を隠しやすい山岳地帯で暮らしはじめた。

ゴツゴツした山の岩場には申し訳程度の短い草が生えるのみで、寒々しい風景が続く。

それでも、たまに山肌が緑に覆《おお》われることがある。

遠い山の向こうから重い灰色の雲が迫り、雨を降らせる。しばらくすると草原が現れ、動物たちは競って青い草を食《は》み、鳥は土の中から顔を出した虫をついばむ。動物たちも食べ物の奪いあいだ。

そんな厳しい環境で栽培できる作物は限られている。獣人たちは山の寒さに耐えられるものを育てて、なんとか食料を確保する生活を送っていた。

貧しいと知っているから獣人国を訪れる行商人は少なく、流通も活発ではない。

獣人国では天に感謝の祈りを捧《ささ》げ、それから狩りを行う。

「動物の肉は食料になり、毛皮は冬を越すのに必要だ。仲間の肉に感謝しよう」

狩りを教えてくれたのは父さんだった。

兄さんは父さんよりも狩りがうまくて、いつも一番だった。

母さんは優しく笑っていた。

——遠ざかる家族と、届かないおれの手。

「ま、待って。おれを置いてかないで……」

これは夢だ。

だって、おれたち家族は奴隷商人に売られた。

それに、家族がおれだけ置いていくわけがない——

「おい、いつまで眠っている！」

怒鳴り声で目を覚まし、ベッドから転げ落ちた。

「主人がいないとすぐに怠《なま》けるとは、油断も隙もない」

奴隷商人は夜通し酒を飲んでいて、夜明け頃に帰ってきて奴隷たちを起こす。

「フラン。お前にはいずれ王宮へ行ってもらう。王宮の仕事は金払いがいいからな。お前の父親と兄はいい値で売れた。お前はもう少し成長してから売ってやる」

引き離された家族がすでに売られたと聞いて、泣きたい気持ちをぐっとこらえた。

今年は雨が少なく、作物の実りが悪くて収穫が減り、動物が集まらないから狩りもあまりできなかった。

おれたち狼獣人たちが冬を越すためにはお金が必要で、族長の父さんが奴隷商人から金を借り、その借金をすべて背負うことにしたのだ。

兄さんは父さん一人が借金を背負えば、二度と戻ってこられないとおれに言った。

だから、家族全員が奴隷商人に身を売ることで借金を分けあったのだ。

借金が減れば、そのぶん自由になれる可能性が高くなる。

また会える——そう信じて。

「フランは高値で売れるぞ。仕事を覚えるのが早いし、文字も書けるようになった。それに他の奴隷たちをまとめるのもうまい。王宮の仕事もこなせるだろう」

金払いのいい王宮は、奴隷商人にとって大事な金ヅルだ。

庭の手入れや農園作業、使用人たちが使う区域の清掃と食事作りなど、奴隷の仕事は山のようにある。けれど他の奴隷商人たちもこぞって王宮の仕事を欲しがるので、選ばれる奴隷は一握りだった。

「フランはすごいなぁ。王宮にはなかなか行けないんだぜ」

「でも、気をつけろよ。こないだ第一王子に姿を見られた奴がいてさ。その日のうちに解雇《かいこ》されたらしい」

そんな馬鹿など言いたいところだけど、ありえない話じゃない。

ヴィフレア王国で獣人は最下層の扱いだ。

第一王子ルーカス様の妃であるソニヤ様と会って、それを実感した。

「フランと言ったわね。お前はある魔道具師のもとへ赴《おもむ》き、仕事の邪魔をしなさい」

そう言って、ソニヤ様は地面に向かって金貨を放り投げた。

奴隷のおれに近寄りたくなくて、わざと地面に落としたのだ。

屈辱《くつじょく》に耐え、俺は自分の前に散らばった金貨を拾った。

――ヴィフレア人なんか大嫌いだ！

でも、お金さえあれば、おれは自由になれる。

悔しかったけれど、家族の行方を捜してくれると言ったソニヤ様の言葉を信じるしかない。金貨が入った袋を上着の裏へ隠すと、作業していた場所へ戻った。

「あっ！　フラン、どこ行ってたんだよ」

「聞いてくれよ。サーラ妃が王宮を出るらしいんだ」

サーラという名前を聞いてドキッとした。

これから嫌がらせをして、仕事を妨害する相手の名前だ。

十年間も氷の中に閉じ込められていたという、王子の妃になり損なった不運な令嬢。

ソニヤ様に目をつけられ、これから、さらなる不幸が待っているとも知らずに……

上着の裏の金貨が、ずっしり重く感じた。

「サーラ妃はとてもお優しい方だったのに残念だなぁ」

「貴族が優しい？　お前ら騙《だま》されるなよ。王族や貴族なんか、みんな同じだ。腹の中じゃおれたちを蔑《さげす》んでる」

「会ってみたらわかるって。サーラ妃は違うんだ。えーと、人として違うっていうか……変わってる」

――人として？　つまり変人ってことか？

サーラに会った奴らは、どう表現したらいいかわからないという顔をしていた。

人として違うってなんだろうと思っていたけど、あの時のおれにはわからなかった。

でも、今ならわかる。

「フラン。ちゃんと石鹸《せっけん》で洗いましたか？　ふあぁぁぁ！　可愛いですね！　ケモ耳、最高！」

おれの耳をブラッシングしながら異様に興奮している。

鏡に映るサーラは至福の表情を浮かべ、熱心になでなでする。特に耳。

「やめろっ！　おれは犬じゃなくて狼だ！」

「す、すみません。誘惑に勝てなくて……」

――この人が公爵令嬢？　変態にしか見えない。

サーラのブラッシングで髪は艶《つや》が出て、毎日お風呂に入っているからか、体からは石鹸《せっけん》の匂いがする。

「自分のブラッシングスキルが恐ろしい……」

おれは対等に接してくるサーラが恐ろしい。

「く……。ツヤツヤにされてしまった」

「はい、これがフランの着替えです。本当は新品を買えたらよかったんですが、手持ち花火だけでは、そこまで稼げなくて」

サーラは古着屋で買った子供用の服をおれに手渡す。

上着とシャツ、吊りズボンのセットだ。

「あ、ありがと……サーラ……」

サーラはにこにこした顔でうなずいた。

こんなちゃんとした服をもらったのは初めてだ。

「あのさ。本当に魔道具師として働くわけ？」

「もちろんです。これから、ガンガン稼ぎますよ！」

公爵家に生まれたってだけで恵まれてるのに、なにが不満なのかサーラは実家に戻らない。

おれと違って家族のところへ戻れるくせに、わがままだ。家族全員で仲良く暮らせて、腹を空《す》かせる心配がないってことが、どんなに幸せか気づいてないんだ。

世間知らずの公爵令嬢が夢見がちなことを考えているだけ。飽きたら王宮に戻るだろう。

そう思っていた。

――サーラの両親を目にするまでは。

店の前に立派な二頭立ての馬車が止まった。

こんな裏通りの奥で見かけるような馬車じゃなかったから、近所の住人も何事かと思って顔を覗かせる。

サーラは手持ち花火を作っていた手を止め、窓の外を眺《なが》めた。

「あれ？　リアムでしょうか？」

第二王子が気軽に訪れるのもおかしいけど、その日やってきたのはリアム様じゃなかった。馬車から降りてきたのは、刺繍《ししゅう》がたくさん施《ほどこ》された華やかな宮廷服を着た紳士で、その後ろから女性が降りてくる。

女性のほうは控えめなドレスだけど、胸元に飾られた花のブローチは上級クラスの魔石だ。花びら一枚一枚が魔石で作られていて、芸術品のように美しい。

——あのブローチ一つで冬が越せそうだ。

あまりの格差に頭がぼうっとなった。

その頭をはっきりさせたのは、紳士の怒鳴り声だった。

「このっ！　役立たずの落ちこぼれが！」

雷みたいな怒鳴り声が響き渡り、壊れかけていた窓枠がゴトンと重い音を立てて、地面に落ちた。

「さすがアールグレーン公爵ですね。まさか、魔法で窓枠を壊すとは！」

「まだ魔法は使っておらん！　これだから【魔力なし】の娘は！」

——父親……？　父親だよな？

氷の中から奇跡の生還を果たした娘を相手に、この態度はいったいなんなんだ。

「フラン、お水を運んでもらっていいですか？　茶葉がないので、お茶の代わりに」

「う、うん。でも、水でいいのかな。せめて、お湯とか……」

アールグレーン公爵は王族に次ぐ地位の人間だ。出す飲み物が水でいいのか、不安になった。

サーラのほうは身内だから気にならないのかもしれないけど、おれは気になる。

「さっきお風呂用の水を暖炉《だんろ》とコンロの上にのせたばかりなんですよ。大きな鍋を動かすのは危険です」

今沸《わ》かしているのは、サーラの分のお湯だ。のんびりお湯に浸《つ》かるのが大好きなサーラはたっぷりのお湯を必要とする。本人曰く、絶対に譲れない唯一の贅沢《ぜいたく》らしい。

なにが贅沢《ぜいたく》なのか、風呂ギライなおれにはよくわからないけど……

「お風呂のお湯を沸《わ》かすのに、時間がかかりすぎますよね」

「時間がかかる？　普通だろ？」

「そんなことないですよ。私にとってはボタン一つでお湯が沸《わ》くのが普通です」

「ふーん？　王宮ってすごいんだな」

サーラはお湯が沸《わ》くのに時間がかかるのが不満らしい。

家計が厳しくて火の魔石は買えないし、安い薪《まき》を買って使ってるけど、大鍋のお湯を沸《わ》かすのは時間がかかる。

サーラはまだ火を起こすのが下手くそで、火力も強火一択。鍋を真っ黒にしたあげく、穴を空けたこともある。これしきの火力に耐えられない鍋が悪いとか、不良品だとか文句を言ってたけど、普通の鍋はこんなものだ。

火の魔石があればもっと簡単に火力の調節ができるようになるけど、料理に使うものはランプの魔石より遥かに高級だ。手持ち花火を売ってるだけじゃ到底買えない。

「火の魔石どころか、茶葉も買えない生活だぞ。さすがにそろそろ諦めて王宮に帰るよな？」

台所で一人、水を用意しながら呟いた。

貧しい暮らしに、公爵令嬢が耐えられるわけがないんだ。

でも、サーラは茶葉より先におれの服を買ってくれた。古着でも、その辺の子供と並んでも見劣りしないものだった。

――おれのこと、サーラは大切だって思ってる？　もしかして、サーラは貴族だけどいい奴なのかな？

「ち、違うっ！　いい奴なんかじゃない！　あいつは貴族なんだから、古着で喜んでいるおれを馬鹿にしてるんだっ！」

おれが優先しなくちゃいけないのは、ソニヤ様の依頼だ。報酬《ほうしゅう》の前金だってもらってるんだから、しっかりしろと自分に言い聞かせた。

なんだかサーラがあまりに貴族らしくないから調子が狂う。

新鮮な水を入れたティーカップを木のトレイにのせて、おれは客間に向かった。

客間といっても、ボロボロのソファーが置いてあるだけの寂しい部屋だ。

サーラの両親はソファーに座りたくないのか立ったままだけど、サーラは気にせず座っている。

「どうぞ」

サーラは二人に座るよう促した。

公爵夫人はハンカチを広げてソファーに敷いてから座った。それを真似て、公爵もハンカチを広げる。

「綺麗に拭いてあるから大丈夫ですよ。古いソファーに座ったからって病気にはなりません」

嫌そうな顔をしている両親に、サーラはけろっとした顔で言った。

「魔道具師の【修復】スキルで玄関のドアもちゃんと閉まるようになりましたし、剥《は》がれた外壁も元通りにしたんですよ」

たしかに前より家が小綺麗になって、雨漏りもなくなり、階段がミシミシ鳴らなくなったなと思い出しながら、新鮮な水が入ったティーカップを三人の前に置く。

近所のおばさんが見るに見かねて寄付してくれたティーセットがさっそく役に立った。

公爵令嬢が王宮を追放され、生活に困っていると近所の噂になっており、同情した人が鍋や皿を持ってきてくれるのだ。

ティーセットを用意できたのはよかったけど、中身は水である。

「こんな平民以下の暮らしをして喜ぶなど、公爵家の恥です。ルーカス様から離縁されたあげく王宮から追放されて、なんて情けない娘なの！」

公爵夫人は顔を手で覆《おお》い、しくしく泣き出した。

「追放されたんじゃありません。私から出ていきたいと申し出ました」

「それが愚かだと言うのだ！　愛人でもいいから王宮にいさせてくださいと、なぜルーカス様に頼まなかった！」

「サーラ。お父様の言う通りです。今すぐルーカス様に頭を下げ、愛人でいいから捨てないでくださいとお願いしなさい」

第一王子の妃だった娘に『愛人でいいと言え！』と迫る両親。けれど当人は見るからに聞く耳をもたないという様子だ。

「それを言うために来たんですか？」

「そうだ。戻って愛人になれ！　愛人になるんだ！」

声が大きすぎて、『愛人』を連呼する声が外の道にまで響いていた。家の前を通る人たちが何事かと気にして、中に視線を送っている。

そんな人々を、公爵は汚《きたな》いものを見るかのように、じろりとにらみつけて追い払う。

「今からでも遅くない。ルーカス様に土下座しろ」

「そうですよ。あなたが下手に出れば、妃は無理でも愛人になれるかもしれないでしょう？」

サーラの両親の態度は、大事な娘を心配して実家に連れ戻しに来たようには見えなかった。

むしろ、自分たちに許可なく勝手に王宮を出たことが不満のようだ。

——っていうかさ、娘に『愛人になれ！』なんて迫る両親ってどうなんだ。

サーラの味方になったつもりはないけど、さすがにこれはひどいと思う。

おれはイライラしながら、サーラに暴言を吐く二人を眺《なが》めていた。

「ルーカス様の愛人になる気はありません」

サーラはきっぱり断った。

その姿は清々しいまでに迷いがない。

「私は、魔道具師として生きていきます」

「なんて聞きわけのない娘でしょう。王立魔術学院で落ちこぼれだったくせに、工房なんて無理です。今すぐおやめなさい」

「ふん。汚《きたな》らしい奴らが住む地区で工房を持ったところで客は来ない。そんなこともわからずに商売などできるか！」

まったく似ていない親子だ。

サーラは公爵令嬢として、なに不自由なく大事に育てられたのだと思っていた。

でも、違ったみたいだ。

これじゃ娘というより、道具扱いだ。

「できるかどうか、やってみないとわかりません」

両親からひどいことを言われても、サーラはまったく動じない。

でも、さすがに傷ついたはずだ。

そう思ってジッと見ていたけど、サーラはただ優雅《ゆうが》に水を一口飲む。

「美味《おい》しいお水ですね」

サーラはティーカップを手にしたまま、おれに微笑んだ。水を出してくれてありがとうという意味の微笑だ。

——ただの水なんだけどな。

サーラの両親は獣人のおれを完全に無視していた。王宮から派遣されていることはわかっているんだろうけど、人間の使用人じゃないから、こんな態度なのだ。

でも、これが普通の態度であって、獣人の奴隷と対等に接するサーラがおかしい。

「公爵家の恥晒《はじさら》しが！　お前が失敗しても私たちは助けんからな！　こちらに泣きついてくるんじゃないぞ！」

「公爵家に戻る気はありません。私は魔道具師として生きていくので、ご心配なく」

涼しい顔でサーラは言った。

「氷に閉じ込められているうちに、なにが起きたのかしら。素直ないい子だったのに……！」

泣き崩れた母親に、サーラは笑顔で答えた。

「なにも言えなかっただけで、素直だったわけではありません。ようやく自分の思いを口に出せるようになったのです」

両親はポカンと口を開け、サーラを見つめる。

今までの自分を否定する娘を見る目は、『お前は誰だ』という目だった。

「仕事がありますから、そろそろお引き取りください」

すっかり性格が変わった娘に、二人は戸惑い、言われた通り出口へ向かった。

「そこまで言ったからには、二度と公爵家に帰ってくるんじゃないぞ。泣いて戻ってきても、お前の居場所はないからな！」

「勘当が嫌なら、まずはルーカス様に復縁をお願いするんですよ！　いいですね？　サーラ！」

親らしい愛情を感じない捨てゼリフに、無関係のおれでさえうんざりした。

ちらりとサーラの様子をうかがうと、二人が去った方角を黙って眺《なが》めていた。

――帰ってくるなって言われたら、ショックだよな。

おれはこれ以上、優しいサーラが上の人々に逆らって傷ついてほしくなかった。

だから、王宮へ戻ったほうがいいんだ。

「あのさ。サーラは王宮へ戻ったほうがいいと思う。おれが決めることでもないけど、そっちのほうがいいよ。サーラは貴族じゃない人間の生活の大変さをわかってないしさ」

敵は両親だけじゃない。

第一王子の妃であるソニヤ様が、サーラを敵視していることを知らないから、こんな強気でいられるんだ。

……味方のふりをしているけど、おれだって敵だ。

「フランは私を心配してくれているんですか？」

サーラはおれに笑顔を向けた。

「私が王宮へ戻る時は魔道具師として戻ります。無力なまま戻っても意味がありません」

「意味って？」

「私を氷の中に閉じ込めた犯人を捕まえるんです。でも、今のままだと犯人がわかる前に、殺されてしまうかもしれません」

「殺される？」

いつになく神妙な面持ちでサーラはうなずいた。

今まで、こいつがこんな真面目な顔をしたことがあっただろうか。

少なくとも、おれの記憶にはない。

「私が十年間、氷に閉じ込められていたことは知ってますよね？」

「うん。王宮を出る時にだいたいの事情は聞いたから知ってるよ」

「私を閉じ込めたのは王族か貴族でしょう。人を一瞬で凍らせるような強力な魔術を使えるのは、ヴィフレア王国でも限られた人間のみ」

それはそうだ。強い魔力を持つ人間に限定したら、犯人はかなり絞られるはず。

でも――

「じゃあ、なおさら犯人なんて見つけようとしないほうがいいよ。見つけたとしても相手は身分が高くて、きっと権力も持った人間だ。そんなの危険に決まってる」

おれは今まで何度も理不尽な目に遭ってきた。

身分が高いというだけで、真実が黒だとしても白に変えてしまう。

あの両親を見た限りじゃ公爵家の助けは期待できないし、王宮ではソニヤ様がサーラを嫌っている。

どう考えても不利だ。

そもそも世間知らずの公爵令嬢が自立なんて、最初から無理なんだよ。

十二歳のおれより、サーラは現実をわかってない。

ため息をついて、もう一度言った。

「王宮へ戻ったほうがいいって。犯人が王族か貴族ならどうしようもないよ。おとなしくしていればこれ以上危ない目に遭うこともないんじゃないの？」

あいつらは身分が下の人間なんて、ゴミか虫けら程度にしか思ってないんだ。

サーラが特別変わっているだけ。身分の違いを少しも感じさせなくて、当たり前のこともすごいことみたいに褒めてくれる。

ヴィフレア王国へ来てから、おれをそんなふうに扱ってくれたのはサーラが初めてだった。

「私は一度殺されたんです」

「え？　殺された？」

「これは、私だけができる復讐です」

「そりゃまあ……。氷の中に十年も閉じ込められたら、誰だって一度死んだ気になるけどさ」

復讐と言ったサーラの横顔は、ただ優しいだけのサーラではなかった。

——この威圧感はなんなんだ？

おれはサーラを王宮へ戻せるのだろうか——不安しかなかった。

◆◇◆◇◆◇

「嫌がらせ……。嫌がらせってなんだろうな？」

おれはサーラを王宮へ戻すための作戦を本格的に考えはじめた。

サーラを観察し、分析する。

「おれは嫌いだけど、サーラは風呂が大好きだ。つまり、サーラは綺麗好きだ！」

それにサーラは家を魔道具師の【修復】というスキルで綺麗にしている。

清潔でいるのがサーラにとって大事なことなら、汚《きたな》いゴミを集めてくればいい。綺麗好きな人間が汚《よご》れたところにいたいとは思わないだろう。

「おれ、天才かもしれないな」

裏通りや表通りのゴミ置き場からゴミを拾って、家の庭に運んでみた。

ゴミが気になって、仕事に集中できなくなるに違いない——そう思ったからだ。

「わぁ！　フラン、ありがとうございます！」

「へ？　ありがとう？」

「なんて素敵な家具。ちょうど家具が欲しいと思っていたんです」

「素敵って……壊れてるよ？」

小さいゴミだと目立たないかと思って、おれが運んだのは家具や鍋、ヒビが入った皿などだ。

ゴミに出すくらいだから当然、古かったり壊れていたり、使い物にならないものばかり。

そんな庭のゴミを見たサーラは、ショックを受けるどころか大喜びで手を叩いた。

「家具も食器も足りなかったので、助かりました」

おれが親切心から探してきたと思ったらしく、サーラは頭をなでて褒めてくれた。

悪い気はしない――って、そうじゃない、そうじゃないんだよ！

そんな心の声は口に出せず、おれは黙って頭をなでられ続けた。

サーラは家の中が汚《よご》れないよう、庭で洗って綺麗にしてから、おれを呼んで工房の作業場に運び入れた。

「次は魔石ですね」

「魔石？」

「手持ち花火を作った時に、石ころクラスの魔石の効果がどれくらいなのか理解できたので、それを活用します」

銅貨を稼ぐためにやっていた手持ち花火作りは、魔石の研究でもあったらしい。

「スキル【粉砕】！」

サーラが叫ぶと、振りかぶったハンマーが光を放ち、魔石を砕く。サーラは満足げな顔をして粉になった魔石を眺《なが》めていた。

「あのさ、サーラ。スキルって黙っていても発動するよね？」

「気分の問題です。唱えると気分が盛り上がるんです」

「へ、へぇー……そうなんだ……」

サーラの考えはいまいち理解できない。

しかも、サーラはわざわざカッコいいポーズをキメている。

――そのポーズ、必要かな？

ただ作業しているだけなのに、やたらと楽しそうだ。

ゴーグルをはめたサーラは魔石の属性を見極め、次々と粉にしていく。

魔石にする石ころは、川沿いに行けばタダで大量に手に入った。

サーラが粉砕して粉になった魔石は、横に控えていたおれが、吹き飛ばさないよう息を止めながらブラシで集めて瓶《びん》に保存する。

たっぷりできた色とりどりの粉が、属性ごとに分けられて棚にたくさん並ぶ。

「サーラ、こんなに作ってどうするんだよ。石ころからできた魔石の粉なんて、なんの役に立つかわからないんだけど……」

「大丈夫です。石ころも役に立ちますよ。魔道具師には【修復】というスキルがあります。本来なら、戦場で壊れた鎧《よろい》や武器を魔石で【修復】するスキルですが、使ってみたら他のものにも応用できたんです」

たぶん、サーラは王立魔術学院の授業で学んだんだろう。先生みたいに、おれに魔道具師のことを教えてくれた。

「【修復】するものを鎧《よろい》と武器に限定する必要はありませんでした。窓枠でもいいし、穴の空いた鍋でもいいんです」

「もしかして、サーラが穴を空けた鍋を直したの？」

「もちろんです」

サーラは鍋をおれに見せた。たしかにどこにも穴がない。

「【修復】って、どんなやり方なんだ？」

「まずは魔石の粉を水で溶かし、修復したい部分に絵筆で塗《ぬ》ります。ひび割れは土の魔石、鍋のへコみは火と風の魔石を混ぜたもので、だいたい元通りになるみたいです」

サーラがおれの拾ってきた皿を一枚手に取り、絵筆を皿に滑《すべ》らせた。すると皿のひび割れが瞬く間に綺麗に埋まっていく。

「ほら、この通り。これは、石ころクラスの魔石だからこそできる【修復】だと気づいたんです。魔力を多く含みすぎた魔石だと、普通の皿は魔力に負けて割れてしまいますからね」

「窓枠とか鍋を【修復】する魔道具師なんていないから、わからなかったんだな……」

そもそも魔道具師がゴミを【修復】したなんて話は聞いたことがない。

魔道具師たちは裕福な人間ばかりでゴミを拾ったりしないから、当然のことだけど……

「それって、王立魔術学院で習うのか？」

「習いませんよ。花火を作っていて思いついたんです。違う属性の魔石の粉を混ぜると色々な効果が出るようだったので、面白くて試しました」

「そうじゃなくて、ゴミを【修復】スキルで元通りにする発想だよ！」

「資源は大切にするものでしょう……って、あ、これも王立魔術学院では習いません。え、えーと、今から作業を始めますね！」

学院に通うのは、ほとんどが貴族階級の子供たちだ。貴族ならヒビの入った皿や折れ曲がったフライパンなんか捨てて、新しく買えばいい。

でも、サーラはそう考えないらしい。

公爵令嬢のサーラが、ゴミになった古物を【修復】するなんておかしな話だ。

「ふむふむ。ガラスには火の魔石と水の魔石を混ぜたものがよさそうですね」

サーラは次々と魔石を使って、へこんだ鍋や割れた鏡などを新品同様に【修復】していく。

「うふっ……ふふっ……ふふ」

サーラは作業が楽しいらしく、おれが離れた後も作業場から不気味な笑い声が聞こえてくる。その不気味な声で、おれの精神が地味にやられていた。

「く、くそ！　ここで負けたら、おしまいだ！」

ならば、これならどうだと洗濯物をひっくり返し、泥だらけにする。

「さすがに落ち込むだろ！」

「フラン！　すごい音がしましたけど、大丈夫ですか？」

サーラは地面に落ちた洗濯物には目もくれずおれのほうに駆け寄ってきた。

「怪我は？　ああ、足にすり傷が……。今、清潔な布と消毒薬を持ってきますね」

サーラは嫌な顔一つせず、転んですりむいたおれの膝《ひざ》を手当てしてくれた。

「消毒しておかないと、ばい菌が入ります。痛くないですか？」

「う、うん。大丈夫、迷惑かけてごめん……」

「いいんですよ。怪我をしないよう気をつけてくださいね」

サーラの笑顔を見て、胸の辺りが苦しくなった。

おれの計画は全部失敗した。嫌がらせどころか、サーラの優しさが辛くてソニヤ様の依頼がやりづらくなるばかりだった。

おれには目標があるのに……

「おれは自由になるんだ。自由になって、また家族みんなで暮らすって決めてるんだからな」

サーラには悪いけど、おれは奴隷から抜け出そうと必死だった。

——よし。次は精神的に弱らせる作戦だ。

地面の中にいる虫をたくさん集め、サーラに見せた。

きっと怖くて泣くに違いない。

「サーラ！　これを見ろ！」

「うわぁ、太いミミズ。フラン、頑張りましたね」

「え？」

「川に釣りに行くんですよね？　はい、どうぞ！」

サーラから手渡されたのは釣り竿で、なぜか川へ釣りに行くことになってしまった。

「夕飯の魚、釣れるかなぁ」

——って、そうじゃない！

川べりに座って、のんきに魚を釣っている場合じゃなかった。

でも、夕食のおかずのために魚釣りは続けた。

魚はそんなに好きじゃないけど、サーラが料理上手だからか、魚料理も好きになった。

サーラは食へのこだわりがすごい。

普通なら捨てるような小魚まで調理する。揚《あ》げた小魚を甘酢に漬け込んだ南蛮漬けという料理は、揚《あ》げてあるのにあっさりしていて、骨まで香ばしくて美味《おい》しい。

釣りも楽しいし、たくさん釣れると嬉しい。

川では、おれと同じくらいの年頃の子供が釣りをして遊んでいた。

まあ、おれは遊びじゃなくて、おかずを釣りに来ているんだけどな！

「よーし！　今日も大漁だ！」

バケツいっぱいの魚を釣って戻ると、庭のガラクタが減っていて、家の中が賑《にぎ》やかになっていた。

サーラの【修復】作業によって、家の中がだいぶ家らしくなっている。

「おかえりなさい。たくさん釣ってきてくれたんですね。さすが、フラン！」

「まあな」

――って、なんで、おれは得意げに返事をしてるんだ？

邪魔するどころか、食料を増やしてしまった。

大きい魚は干物にするらしく、今は庭で洗濯物みたいに干されて風に揺れている。

「干すと旨味が増すんですよ。フラン、焼いて食べましょうね！」

明るい声でサーラはおれに言った。

「うん……」

――サーラを心から嫌いになんかなれないよ。

一緒にいればいるほど、胸が苦しくなっていく。

けど、おれはサーラの工房を成功させるわけにはいかない。

だって、ソニヤ様はおれと約束した。

家族の行方を捜して、奴隷からも解放してくれる――そう約束してくれたんだ。

◆◇◆◇◆◇

王宮を出た私は、お手伝いとして王宮から派遣された狼獣人の少年フランと一緒に暮らしはじめた。

フランは力持ちですばしっこく、とても働き者だ。

家は魔道具師のスキル【修復】で少しずつ、人が住んでいる家に見えるようになってきた。

お湯を沸《わ》かして、毎日お風呂にも入っているし、私とフランは清潔そのものだ。

きっとフランも喜んでくれている――そう思っていたのだけど、フランがリアムに泣きつく姿を見ることになろうとは。

「うわーん！　また風呂に入れられたぁー！」

「おい！　なにをした！」

様子を見に来たリアムにフランが駆け寄り、助けを求めて泣いている。

「おれにブラッシングをして、ニヤニヤした顔で笑ってるんだ！　こいつ、変態だぞ！」

「せっかく毛並みを整えてあげようとしてるんだから、逃げないでくださいー！」

さあ、観念しなさいと、フランをじりじり追い詰めていく。

リアムはそんな私からフランをかばった。

「待て。その顔が悪い」

「顔？　私の顔のどこが悪いって言うんですか？」

「犯罪者の顔だ」

失礼にもほどがある。

フランからは石鹸《せっけん》のいい香りが漂《ただよ》い、洗いたてのシャツとサラサラの毛並み。毎日ブラッシングをしてるから、ツヤツヤである。

ポチで鍛《きた》えた私のブラッシングスキルを舐めないでもらいたい。

ブラシを手に得意げに言った。

「もしかして、私のブラッシングスキルに嫉妬《しっと》ですか？」

「お前のその無駄なまでの前向きさに嫉妬《しっと》するよ」

今日も辛口絶好調なリアムは、タオル一枚で逃げ回るフランにシャツを投げた。

「で、どうして風呂に？」

「今から、おでかけする予定なんです」

「どこへ？」

「表通りにある魔道具師のお店に行って、どんな商品があるか見てこようと思ってるんですよ」

魔道具師として、本格的に商品作りを始める前に市場調査をするつもりでいた。

けど、リアムは表情を曇《くも》らせる。

「フランと、二人だけでか？」

「そうですよ。二人で楽しくおでかけして、ちょっと贅沢《ぜいたく》に買い食いなんかもいいかなぁって！」

裏通りには賑《にぎ》やかな市場が多く、どの市場も屋台の食べ物が美味《おい》しそうなので、いつか買い食いしようと機会を狙っていたのだ。

私の考えを聞いたリアムがため息をついた。

「あ……。やっぱり買い食いは駄目ですよね。腐っても公爵令嬢ですもんね」

「腐るなよ。そうじゃない。様子を見に来て正解だったな」

「はあ、すみません」

召喚主であるリアムは、私にとって親鳥のようなものである。

サーラの記憶を見てきたとはいえ、私はまだこの世界の事情に詳しいわけではない。

「表通りの店に出入りしている客層は貴族ばかりだ。行かないほうがいい」

「でも、店に行ってみないと他の人たちがどんな物を売っているのか、わからないじゃないですか」

そろそろ手持ち花火で食べていくのも限界だ。

最初は物珍しさからよく売れたけど、裏通りに住む人たちは日々の生活で手一杯。娯楽品を毎日買えるような人はいない。

目新しさがなくなったら、それで終わりである。

だから、新しい商品を考えなくてはいけない。それで他の店を見てこようと思ったのだ。

「仕方ない。俺も一緒に行こう」

「それって、手伝いになりませんか？」

「俺は魔道具店に用がある。これでいいか？」

「はあ……」

リアムも一緒にでかけることが決まり、私とフランは服を着替えた。

普段着だとナメられ……侮《あなど》られるとリアムが言ったからだ。

私は青と白のストライプ柄のドレス、フランは擬態《ぎたい》して尻尾を隠した姿で白いシャツに茶色のチェックジャケットと吊りズボンという、なかなかおしゃれな格好になった。なお、耳だけはどうしても隠せないらしい。

侮《あなど》られるなんて言われたけど、リアムという天然の魔除けがいる限り、なにもできないと思う。

リアムは黒い軍服にマントをまとい、ボタンやブレスレットは魔石がはめられている。

ざっと見ただけでも、その効果は【魔力増幅】【詠唱時間短縮】【攻撃力上昇】――魔獣の討伐にでも行くつもりですか？　という重装備だ。

敵を作りやすいタイプだから、それでいいような気もするけど、外見の親しみやすさはゼロ。むしろマイナスだ。

「リアム。次からは普段着で来てください」

「これが普段着なんだが？」

「普段着……。そうですか……」

リアムはいつも喧嘩上等スタイルらしい。

聞くんじゃなかったと後悔した。

道行く人たちは、遠くから眺《なが》めるだけで近寄ってこない。

忘れがちだけど、リアムは天才魔術師にしてヴィフレア王国第二王子。氷の中に閉じ込められた令嬢を救い出した英雄である。誰もがお近づきになりたそうなものだけど、魔王か死神みたいな雰囲気のせいで誰も寄ってこない。

私とフランだけならいつも気さくに声をかけてくれる人たちも、今日は静かだ。

フランがぼそっと私の隣で呟いた。

「怖がられてますね」

「いつものことだよ」

「そうなんですか？」

「人間嫌いの第二王子って有名だし」

「人間嫌い？　リアムがですか？」

「うん。だから使用人もほとんど置いてないって話だよ」

——もしかして、フランのほうが王宮に詳しい？

十年のブランクがある私は、どうしても現在の情報に疎《うと》い。

よく考えたら私の記憶にあるリアムは十二歳で、二十二歳のリアムのことは詳しく知らないのだ。

十二歳のリアムは一人でいることが多かったけれど、サーラとは話すこともあったし、人間嫌いには見えなかった。ツンツンしてるのも素直になれない性格なだけだと思っていた。

——リアムが気楽に話せたのは、サーラだけだったのかな。

そんなことを考えながら歩いていると、徐々に整った広い道に変わり、美しい花や木が植えられた表通りに出た。

表通りには高級感のある店がずらりと並ぶ。壁や柱に彫刻が施《ほどこ》された豪華な外観が圧巻だ。

店の前には貴族たちの馬車が停まり、着飾った貴婦人や令嬢が店へ入ろうとしているのが見える。

「あら？　あちらにいらっしゃるのは、リアム様ではなくて？」

「お買い物かしら。珍しいわね」

「もしかして、隣にいるのはアールグレーン公爵家のサーラ様？」

「まあ！　ルーカス様から離縁されて、次はリアム様の妃を狙ってるとか？」

貴婦人たちの鋭い視線が、私のほうへ向けられた。

彼女たちはサーラを知っているようだけど、誰も話しかけてくる様子はない。

氷の中から救い出されたことを知っているはずなのに、祝うどころか、とても冷たい態度だ。

「王宮を出て働きたいとおっしゃったとか」

「貴族の、それも公爵令嬢が働くなんて、とんでもないことだわ」

はしたない、常識がない――そんな声が聞こえてくる。

「さっさと店に入るぞ」

貴婦人たちの話に興味などないというばかりに、リアムが店に入ろうとした。

けど、フランがうつむいて動かない。

「フラン？」

フランの顔は見えなかった。でも、なにかワケアリのようで重い空気が漂《ただよ》っている。

「おれ、外で待ってる」

「そうだな。入らないほうがいいだろう」

「どうしてですか？　せっかく来たんですから、一緒に見ましょうよ」

リアムもフランは中に入らないほうがいいと言う。

私が首をかしげると、突然フランが声を張り上げた。

「おれ、獣人だよ！　獣人は汚《きたな》いって言われるから、店に入りたくないんだ！」

「汚《きたな》い？　毎日お風呂に入って、石鹸《せっけん》の匂いがしますよ？　そんなツヤツヤの毛並みで汚《きたな》いなんて、誰が言うんですか？」

うつむいていたフランが顔を上げて、空色の瞳で私を見つめる。ゆっくり歩み寄って頭をなでると、フランは私を見て顔を赤らめた。

――隙あり。

にやりと笑って、フランの耳に顔を押しつけた。

「うわあああっ！　顔を押しつけるな！　匂いをかぐなぁっ！」

「変態だな」

リアムにまで変態と呼ばれてしまった。

「まあ、俺がいるところで露骨な嫌がらせをする人間はいないだろう」

「そうですね。リアムは視線だけで人を殺せそうですしね」

あははははっと笑いながら言うと、リアムに鋭い目でにらまれた――私が殺されそうだった。

「……冗談だったのに」

「嘘をつけ」

不満そうではあるものの否定しなかったところを見ると、自分が恐れられていることはリアムも自覚しているようだ。

「うーん。そうですね。ちょっとここで待っていてください」

「えっ？　サーラ、どこへ行くんだよ！」

表通りから少し裏通りへ入ったところに、服を売っている店があったのだ。私は走って戻って、その店に入る。

お手頃価格な庶民向けの店ではあるけど、今の私にはちょっぴり厳しい。

「なにかお探しかしら？」

奥から出て来たのは、店の女主人だった。

体のラインがはっきりわかるドレスを着ているだけあって、スレンダーでスタイルがいい。長い金髪をまとめ、お化粧をした大人の女性だ。

「男の子用の帽子が欲しいんです」

「もしかして、獣人の子の帽子？　最近、よくこの辺りにいる子よね。清潔にしていて身なりもいいから、どこに住んでいる子かしらって、噂になっていたのよ」

「私のお手伝いをしてくれている獣人の子で、フランというんです。とても可愛いくて優しい子なので、仲良くしてもらえると嬉しいです」

女主人はにっこり微笑んだ。

「もちろんよ。噂は本当だったのね。サーラ様は公爵令嬢なのにとても気さくな方だって」

私が王宮を出て裏通りにいるという話は、ここでも噂になっているらしい。

道理でさっきから視線を感じると思ったら、若いお針子たちが仕事の手を止め、ドアの隙間からこちらを覗いていた。きっと噂の公爵令嬢のことが気になったんだろう。

「実家からは勘当されたので、私はただの魔道具師です。近いうちに魔道具店を開く予定ですので、ぜひ皆さんでお立ち寄りください」

しっかり宣伝も忘れずに魔道具店のことも付け加えた。

お針子たちの『魔道具店だって』『裏通りに魔道具店？』『売れるの？』なんて、ひそひそ話す声がここまで聞こえてくる。

女主人にもその声は聞こえていたようで、彼女は気まずそうな表情を浮かべて苦笑し、手頃な茶色の帽子を素早く選んで渡してくれた。

「これなら、どんな服にも合うから」

子供用の深目のキャスケット帽は、フランの耳を隠すことができるちょうどいい大きさだ。

「ありがとうございます。これをいただきます」

お金を支払ってお辞儀《じぎ》をすると、女主人は驚いた顔をした。

「公爵家の方が平民に頭を下げるなんて……」

私が店を出るまで、お針子たちも女主人もずっと私を見ていた。

元の場所に走って戻ると、リアムは私の手にある帽子に気づき、なるほどと呟いた。

「耳が見えなかったら、獣人とはわからないか」

「そうです。気に入るといいんですけど。フラン、これをどうぞ」

帽子を差し出すと、フランは戸惑っていた。

「これ、おれに？」

「きっと似合いますよ」

ぼふっと頭の上に帽子をかぶせた。

フランは手で帽子をギュッと握りしめ、照れくさそうにしながら、店の窓ガラスに映る自分を眺《なが》める。

「サーラ……。ありがと……」

「もっと稼げるようになったら、フランに新品の立派な服を買うのが目標なんです！　もう少しだけ待っていてくださいね」

「な、なんでだよ！　おれの服より、自分のドレスでも買えよ」

「フランは可愛いから、色々な服を着せたいんです」

真顔で言った私に、フランはちょっと引いていた。

「そろそろ店に入るぞ。俺たちは目立ちすぎる」

そう言うが、リアムが目立っているだけで、私とフランはそこまでではないはずだ。

第二王子が黒い軍服姿で店の前で立っているとなれば、なにをしているのかと思われてもおかしくない。

「そうですね。フランも一緒に入りましょう」

「うん」

どこからどう見ても王都にいる子供と変わらない。でも、フランは緊張しているようで、私の後ろに隠れるようにしてついてきた。

リアムを先頭にして、王都で一番大きな魔道具店に入る。

「いらっしゃいませ！」

「ようこそ。ファルクの魔道具店へ！」

男性店員の服装はタキシードで、黒のベストと蝶ネクタイをつけている。女性も同じような正装だ。店員は全員、立派な革靴をはき、大理石の床をコツコツ鳴らしながら歩く。

店員たちの胸元には店名が入った魔石付きのブローチ、腰には魔石の懐中時計などが見えた。彼らは店員であっても魔道具師なのである。つまり、全員貴族ということでもある。

やってくるお客様も顔見知りの貴族らしく、親しげに挨拶を交わしている。

店内にはくつろげるスペースが用意されていて、常連客はそちらへ案内されていく。

石のように滑《なめ》らかな白い木製テーブルに商品が並び、すでに数組のお客様がお茶を飲みながら談笑している。

だがその優雅《ゆうが》な雰囲気は、リアムが現れた途端に一変した。

「ま、まさか、リアム様？」

「リアム様だぞ」

他のお客様と商談していた店員たちまで手を止めて、一斉にこちらを見た。

「なんと……。リアム様がいらっしゃるとは……」

店員の中でも偉そうな人が駆けつけてきた。

「リアム様。当店にお運びいただき誠に光栄でございます。ただいま店主が参りますので、少々お待ちください」

店員たちのリアムに対するもてなしぶりがすごい。

「どうぞこちらへ！」

「お茶をご用意します！」

席に案内され、まだ商品も見てないうちから、魔石がちりばめられたテーブルに豪華なティーセットと高級そうなお菓子が並べられる。

「どうぞお召し上がりください。王宮の菓子には敵いませんが、王都で人気の菓子職人のものでございます」

白いクリームにベリーがのったケーキ、鮮やかな色をしたボンボンショコラ、数種類の木の実を使った焼き菓子が出てくる。

フランは目をキラキラさせていたけど、食べる勇気がないらしく、手を膝《ひざ》にのせたまま動かない。

「食べていいぞ。毒は入ってないだろう」

——リアムの食事の基準、そこですか？

私とフランが微妙な顔をしたのは言うまでもない。

「王都で一番というだけあって、すごいお店ですね」

見るからに広く、豪華で、繁盛しているのは明らかだ。

でも、私の店はこの店と同じようにはできない。

私の店は裏通りだし、資金もなく、魔道具師としての知名度はゼロ。落ちこぼれと呼ばれている分、むしろマイナス……？

「ファルクの店は歴史ある店だ。一代で築いた店ではない。店の調度品も代々の店主が揃《そろ》えた一級品ばかりだからな」

天井を見上げると、シャンデリアのクリスタルには光の魔石が使用されていた。光の魔石は空気を清浄にし、店内の明るさを一定に保つ。

頭上のシャンデリア一つで、いったいどれだけの価値があるのか……

「これはこれは！　リアム様ではありませんか」

店の主人であるファルクさんが奥の工房へ続く扉から姿を現した。

ファルクさんは茶色の髪をした中年男性で、派手なフリル付きのシャツと赤のタイ、立派な革のブーツをはいている。見た目は職人というより貴族だ。

「この目で確かめるまで信じられませんでしたが、ようこそお越しくださいました。工房主のファルクでございます」

ファルクさんの目はリアムだけを見ている。

私とフランには挨拶一つなく、その代わり、彼がぼそりと呟いた声が聞こえた。

『離縁された妃が』

私への冷たさはライバルの魔道具師という理由ではなく、ルーカス様に離縁された妻だからなのだと知った。実家の公爵家からも見放された私に媚《こ》びる人はいない。

私への態度が違うのはファルクさんだけではなかった。

お客として来店していた貴族階級の人々も同じで、あちらこちらから囁《ささや》き声が聞こえてくる。

「結婚式当日に氷漬けにされたドジな公爵令嬢でしょ？」

「ルーカス様の妃としての自覚が足りなかったのよ」

「アールグレーン公爵が大激怒するのも無理ないわ。妃の座をあっさり奪われてしまったんですもの」

決していい話をされているわけではないけど、サーラが年齢通り歳を重ねていれば同年代だったはずの彼女たちの話からは貴重な情報を得られた。

今の言い方だと、氷漬けになったのは事故ではなく、故意によるものだったと考える人が少なからずいるということだ。

——もちろん、事故なんかじゃない。

もともと部屋にはなかった贈り物。あれはサーラが手に取るよう誰かが仕込んだものなのだと思う。

王宮に出入りできて、結婚式にも招待されるような身分の高い人間しか、あの部屋には入れない。

私だけでなく、サーラが氷漬けになる瞬間を見たリアムも、あれは何者かが仕組んだものではないかと疑っている。

リアムから聞いた話だと、証拠の品である宝石箱は消え、犯人は見つかっていない。

宮廷魔術師が宝石箱を回収しようと部屋に入った時には、すでになかったとか……

結局、サーラのことは危険な魔道具を管理できていなかったために起きた不幸な事故だとして片づけられてしまった。

あの時のリアムは十二歳。王立魔術学院を卒業したばかりで、宮廷魔術師たちの調査に口を挟む権力はなかった。

事件を思い出したのか、リアムは険しい表情で、噂話をする貴族たちをにらんだ。

貴族たちはサッと目を逸《そ》らし、何事もなかったかのように買い物を続ける。

「今日は風の魔石のネックレスが欲しいわ」

「ちょうど腕のいい細工師から仕入れたものがございます」

「結婚記念日なのでね。妻の護符として指輪をいただきたいのだが、身を守る魔術が施《ほどこ》されたものはないかね？」

「奥様のご趣味に合うような品を見繕って、いくつかお出ししましょう」

貴族たちはそれぞれに、高価な魔道具を物色している。

普通の宝石より、魔石のほうがずっと価値が高い。それに魔術を付与して身を守る護符にすることができるため、特別な日の贈り物によく選ばれるのである。

魔石の組み合わせで、様々な効果を生み出すのも魔道具師の知識と腕の見せ所である。

だが、リアムが身につけているような特殊な効果を付与された魔石レベルになると、この店に来る貴族にすら高価で、そもそも手に入る機会すらない。

だから、サーラを救い出したのがリアムでさえ命がけの大魔術だったことを考えると、あの宝石箱はここで売られているようなレベルの魔道具ではない。魔道具の耐久度を超えた魔術を施《ほどこ》せば、壊れてしまう。サーラを氷漬けにしたのは大魔術と同等の力だ。

——サーラはためらわずに宝石箱を開けたけど、なんらかの魔術が付与されていると気づいていたはず。

事件のことを考えていた私の耳に、また他の貴族たちの話し声が飛び込んできた。

「サーラ様は本当に十八歳の姿ですのね。まさかリアム様と再婚なさるのかしら？」

「無理でしょう。リアム様は国王陛下のお気に入りで、ヴィフレア王国が誇《ほこ》る最強の魔術師よ？【魔力なし】と結婚なんて冗談じゃないわ」

「それなら、やっぱりルーカス様と？」

「でも、ルーカス様にはソニヤ様がいらっしゃるわ。お子様だって……」

年頃の令嬢を娘に持つ貴婦人たちは、私が誰と再婚するのか気が気でないようだ。

思えば、リアムも結婚適齢期。第二王子に娘を嫁がせたいと考える貴族は山ほどいるだろう。

「本来なら王宮にいるべきですのに、下々の者たちと同じ暮らしをするなんて……ねぇ？」

「ええ。貴族の淑女が働くなんてありえませんわ」

どうやら彼女たちは、私が働くと宣言したことも気に入らないようだ。

でも、働かずにいられるだろうか？

実家から勘当され、元旦那は新しい妻と家庭を築いている状況で、なにもせずにいたら王宮で飼い殺しにされて不幸まっしぐら。

新しい人生を歩むと決めた私に、後ろめたいことは一つもない。

私は店の主――ファルクさんに笑みを向けて、挨拶をした。

「今日は商品を見せていただきたくてうかがったのですけど、どうやら私は、歓迎されていないようですね」

怖じ気づくことなく挨拶をした私に、ファルクさんは動揺《どうよう》した様子だった。

それは噂話をしていた貴族たちも同じで、私の態度に戸惑っている。

彼らが知る過去の私と、あまりにイメージが違うからだろう。

「いえいえ。アールグレーン公爵家の令嬢にして第一王子の妃であられたサーラ様に足を運んでいただき、光栄ですよ」

長年、王都で店を構えてきただけあって、ファルクさんは素早く動揺《どうよう》を隠した。

「サーラ様は王都に工房をお持ちになったとか。なにか隠れた才能をお持ちなのでしょうな」

「どういう意味ですか？」

「王都に店を構えることができるのは、優秀な魔道具師のみ。王立魔術学院を首席で卒業するくらいは当然ですから」

するとファルクさんの弟子と思われる魔道具師たちがにやにや笑いながら近づいてきた。

「お久しぶりです、サーラ様。覚えていらっしゃいますか？　同じクラスで勉学を共にした者です。以前のサーラ様の成績はあまり目立つものではなかったように記憶しているのですが、十年経って変わられたのでしょうか？」

「本来ならば、王都で店を持つ魔道具師は、ファルクさんのような魔道具師に弟子入りして、何年も修業するものと思っていたのですがねぇ」

嫌みの山を言ってきた彼らは、十年前、サーラと一緒に学んだ魔道具師たちらしい。卒業し、ファルクさんに弟子入りしているということは成績優秀者だったということだ。

「社交界だけでなく、魔道具師たちの中でも、最近はサーラ様の噂で持ちきりですよ」

「おい……」

リアムがなにか言いかけたのに気づいて、手で制した。

ここでリアムが私をかばったら、条件を破ったとみなしてルーカス様が大騒ぎするかもしれない。

リアムもそれに気づいたのか、言葉を呑み込んだようだ。

「私の噂ですか？　どんな噂なのか、私に教えていただけませんか？」

彼らはおとなしいサーラが言い返すわけがないと思っていたらしく、驚いた顔をした。

その顔に書いてあるのは『お前は誰だ』という文字だ。

「私がルーカス様から離縁され、実家からも勘当されたのはご存じでしょう？　そんな私が自立したいと考え、魔道具師として働くのはおかしいことでしょうか」

店内が静まり返った中、ファルクさんが口を開いた。

「弟子が失礼を申し上げました。優秀なサーラ様が羨《うらや》ましかったのでしょう。独立するまで、普通は下積みに十年以上はかかるものですからな」

褒めているような口ぶりだけど、まったく褒めていない。優秀だなんて少しも思っていないだろう、切れ味のいい嫌みを披露《ひろう》したのだ。

「なにを売るのか知りませんが、子供騙《だま》しの商品で店を続けられるほど甘い世界ではない。すでにおわかりでしょうがね」

ファルクさんが言っているのは、私が作った手持ち花火のことだ。

あれを知っているということは、興味があって見に来たか、誰かに買わせたかしたのだろう。

「ご忠告ありがとうございます。そろそろ店内を見て回りたいのですが、よろしいでしょうか？」

「もちろんですよ。どうぞ」

今のやりとりを聞いていた貴族たちは、そそくさと店から出ていった。

気まずくなったのか、それともリアムを敵に回しては面倒なことになると思ったのか、店には私とリアム、フランだけになった。

「フラン。商品を一緒に見ましょうか」

一部始終を静観していたフランは、うんざりした顔で言った。

「世間ってこんなもんだよな。強い奴に媚《こ》びるんだ」

「そうじゃない人もいますよ」

「どうだか。それでサーラは嫌な思いをしてまで、なにを見に来たんだよ」

「工房を開くにあたって、他の店でなにが取り扱われているか知っておきたかったんです」

「ふうん？」

ファルクさんの店に並ぶ魔道具は、どれも高価なものだった。

ガラスケースに陳列してあるのは、魔石を施《ほどこ》した弓矢や剣と盾《たて》、鎧《よろい》などで、普通に暮らす人々には無縁のものばかり。

貴族たちのために作られた魔道具はきらびやかな宝石箱や指輪、装飾品などが中心で、【魔力増幅】や身を守る効果があるものが人気のようだ。

「武器や防具、アクセサリーが多いですね」

「購入者のほとんどが貴族階級の人間だからな」

そう言ったリアムの手には眼鏡があった。

眼鏡のフレームには細かい魔石がはめ込まれている。それは、瞬時に商品の素材を分析し、レンズに詳細が映し出される魔道具らしい。

「商品を分析できるなんて便利ですね。それ、いくらですか？」

「これか？　だいたい金貨百五十枚くらいだろうな」

「金貨百五十枚……」

「ひえっ！　それを早く言えよ！」

フランが金額の大きさに驚き、商品棚から離れた。

金貨百五十枚なんて、手持ち花火をどれだけ売ればいいのだろうか。

その眼鏡をかけているのは店の主であるファルクさんだけで、店で働く弟子たちも気軽に身につけられるシロモノではないらしい。

「これで、わかっただろう？　まともな魔石を手に入れるための資金がなければ、魔道具店を開くことなど到底不可能だ」

「わかりました」

魔道具は魔石があってこそ。

リアムは眼鏡をファルクさんの手に戻す。ファルクさんは笑顔でガラスケースに眼鏡をしまった。

「そうか。やっとわかって……」

「私の店では、ここにあるような魔道具は売りません」

ここに来て、自分がすべきことがよくわかった。

目指すのは、今までなかった魔道具店だ。

フランが心配そうな顔で尋ねた。

「また花火を売るってこと？」

「いいえ。私が売るのは技術です」

にこっと笑うと、フランは首をかしげた。

リアムもファルクさんも、私を見ておかしな顔をしている。

「私は、私の魔道具店を開店します！」

冷ややかな態度のファルクさんとその弟子たちに、私はひるむことなく宣言したのだった。

第三章

裏通りの奥に魔道具店が開店したという話は、あっという間に広まった。

今までの魔道具店は高価な品ばかりを取り扱い、富裕層だけが利用する――そんな存在だった。

だから、富裕層が訪れない奥まった裏通りに店を開く魔道具師はいない。

『富裕層以外に向けた魔道具店を！』

その発想は、貴族階級の魔道具師たちにはなかったのである。

さらに、そんな店を開いたのが公爵令嬢で第一王子の元妃となれば、噂にならないわけがない。

氷に閉じ込められていた元妃が王宮から出て働いているというだけで、人々は興味津々《きょうみしんしん》。

毎日、店を訪れる人は途切れなかった。

「自分の存在が客寄せになっている現実を思うと、ネタのために体を張ってる感はありますが、目新しさ抜群ですね！」

「そりゃ、いないよ。ゴミを売る魔道具師なんてさ」

フランは壊れた本棚や机を運び入れ、裏庭に置いていく。

獣人は力持ちで、本棚くらいなら片手でひょいっと持ち上げてしまう。フランのおかげで家具の移動が簡単にできて、家を店に改装する際、とても助かった。

「フラン。ゴミではなく資源と言ってください」

「資源ねぇ……」

フランは庭に置いた机に寄りかかり、壊れて使い物にならなくなった物品の山を眺《なが》めている。

玄関から入ってすぐの居間と客間を販売エリアに使い、奥の寝室だった二部屋を工房として使っている。工房から続く裏庭は、フランがゴミ置き場から回収したものでいっぱいだ。

一階の壁は魔道具師スキルの【粉砕】でぶち抜いて、広く使えるようにした。

そして、二階は私たちが暮らす住居と決めた。

家は古かったけど広さだけはあり、特に表と裏にある庭が作業するのにうってつけだ。

「おれにはゴミにしか見えないんだけど」

「そんなことないですよ。私には宝の山にしか見えません。【修復】スキルで直せば、立派な商品になります」

魔道具師には【修復】スキルがある。そのスキルを利用して、私はリサイクルショップを開くことにしたのだ。

「フランがヒントをくれたんですよ」

「ヒント？　おれはゴミを運んだだけで……」

「なにもなかったこの家に、家具を探して持ってきてくれましたよね。それで思いついたんです」

材料がなければ、拾えばいいじゃない！

それなら材料費はゼロ。コップや皿など、普通のものを【修復】するなら、石ころの魔石を粉末にしたもので足りる。

鎧《よろい》や剣と違い、難しい魔術や効果は必要ない。

裏通りの人々が必要としているのは、日常的に使える商品なのだ。

「魔道具師が持つ【修復】スキルで壊れた物を元に戻せるなんて、便利ですよね。どうして他の魔道具師たちはこのスキルを活用しないんでしょう」

「壊れても新しく買えるような連中が魔道具師だからだよ」

「あ……。それもそうですね」

魔術師や魔道具師になるには、王立魔術学院に入学する必要がある。でも学院に入学できるのは貴族階級の子供だけ。平民が魔道具師を目指すなら、お金を積んで貴族の養子になるしかないのだ。

それを知っているフランは暗い表情で現実を語った。

ファルクさんの店を見た後だったから、私にもフランの言っている意味がよく理解できる。

「サーラって本当に変わってるよ。獣人のおれや裏通りの人間を差別しないしさ。公爵令嬢とは思えないんだよな」

フランの言葉にドキッとした。

だって、中身は公爵令嬢じゃないから。まさか私が異世界人だとは誰も思わないだろうけど、周りにバレたら、解剖《かいぼう》とかされてしまうのだろうか。

私の頭の中に、『捕らえられた宇宙人』の映像とリアムが『研究材料だ』と言っている姿が浮かぶ。

いや、リアムはもう私が異世界人だと知っているのだけど……

冷や汗をかきながら、慌てて誤魔化《ごまか》す。

「え、えーと。ほら、私って馬鹿にされてきたじゃないですか？　だから、自分がすごいなんて思えないんですよ」

「うん。おれもわかるよ。その気持ち」

フランは十二歳なのに、とても大人びている。

奴隷商人によって獣人国から連れてこられて、家族全員が奴隷として売られたそうだ。

体が小さくて買い手がつかなかったフランだけど、奴隷商人のもとで文字や簡単な計算を覚えたことで、王宮の仕事を任されるようになったとか。

「フラン！　私と一緒に頑張りましょう！」

「は？　いきなり、なんだよ」

「フランにお給料を支払わせてください」

「給料？　おれは王宮から派遣された世話係なんだから、もらえないよ」

「私のお世話より、お店の手伝いのほうが多いですよね？　その業務分のお給料は、きちんと支払うべきだと私は思います」

フランは驚いているけど、私はずっと考えていた。

お金さえあれば、フランは奴隷の身分から抜け出せるのだ。

奴隷から解放されるには、方法が二つある。

買った主人に解放してもらうか、売られた時のお金を支払って、自分で自分を買うか。

けれど普通は奴隷としての仕事が多すぎて他の仕事なんてしている暇がないから、後者はとても難しい。

「自分の力で自由を勝ち取るんです！」

私はフランの手をガシッと握りしめた。

振り払われるかなと思ったけど、そんなことはなく、フランは私をじっと見つめてきた。

「サーラ。実はおれ……」

フランがなにか言いかけた瞬間、店のドアが開いた。

女性客の賑《にぎ》やかな声が響く。

「サーラちゃん、今日も来ちゃったわぁ。この間のティーカップ、とっても素敵だって褒められちゃって！」

「うちはソファーが欲しいの。素敵なソファーはないかしら？　お隣の家に革のソファーがあって、奥さんにどこで買ったか聞いたらサーラちゃんの魔道具店だって言うじゃない？」

やってきたのは裏通りに店を置く、商人たちの奥様だった。

裏通りと言っても、表通りに近いほど立派な店が増える。

表通りにほど近い通りに店を構えるのは、他国とも取引があるような大きな商会ばかりだ。

裕福な商人たちは貴族ではないものの、羽振りがいい。

「ご来店ありがとうございます」

「おすすめの物はあるかしら？」

掘り出し物がないか、彼女たちは店内をキョロキョロ見回す。

貴族の屋敷から出た品は目玉商品となるため、目立つところに飾ってある。

ガラスの器や銀のカトラリーセット。貴婦人と花を描いた陶器の壁飾り——裕福な商人の奥様であれば、どれも満足していただける商品だと思う。

でも、私は少し考えてから答えた。

「そうですね。先日、奥様が手に取っていらしたお皿があったでしょう？　そちらをもう一度ご覧になりたいのではと思い、勝手ながらお取り置きしておいたのです」

「まあ！　本当？」

「はい。いかがですか？」

「うーん、見せてもらうわっ！」

すると、一緒に来た奥様が小声で尋ねた。

「ねえねえ、オトリオキって？」

「目的の物以外で、欲しいものが見つかる時があるでしょう？　それを次に買いに来る時まで店頭から下げて、取っておいてもらうのよ」

「まあ！　そんなことができるなら、欲しい物を買い逃すことはなさそうね」

奥様たちは自由になるお金が限られている。

そこで私は、購入を迷うお客様に「商品をお取り置きできますよ」と声をかけた。

そうすることで、お金の都合がついた時に来店し、購入できるというわけだ。

「奥様がご覧になっていたのは、こちらのお皿でしたよね」

「そう！　この湖の絵がとても気に入っていたの！　やっぱり素敵。買わせていただくわ」

「ありがとうございます」

まだ店は開店して日が浅く、初めて来店するお客様が多い。

今、お皿を購入された奥様も二度目の来店で、前回購入したのはティーカップ。何度も眺《なが》めていたお皿は元の場所に戻した。

それほど高い品ではなかったにもかかわらず、奥様はティーカップだけを購入した。

それは、この店の品がしっかりしたものであるかどうか見極めるためだろう。

ティーカップを使用して信用できる店だと判断したから、次の品を買いに来たというわけだ。

お目当てのお皿を手に入れた奥様はご機嫌で、これなら三度目の来店も確実だ。

「新品同然なのに安いし、壊れていたなんて信じられない。魔道具師ってすごいのね」

「それだけじゃないのよ。とても丈夫になってるの」

それは、魔道具師が持つ【修復】スキルのおかげだ。

このスキルは学院の授業でもほとんど取り上げられないため、サーラのスキルレベルが低く、最初は役に立たないように思えた。

けれど、フランが庭に運び入れた家具や調度品類を修理していくうちにレベルがどんどん上がっていった。そのおかげで、今や新品同様どころか、元より丈夫に直せるようになったのだ。

「サーラちゃんの店は、内装も素敵ね」

「展示の仕方がいいのよ。テーブルだって、ただ置いてあるだけじゃなくてお茶会風に飾ってあるから、購入した後のイメージがしやすくて助かるわ」

店内はリサイクルショップというより、おしゃれなインテリアショップ風にセットしてある。

売り物のテーブルの上にはティーセット、花瓶《かびん》、フルーツ皿などを並べた。他にも、私が川辺で摘《つ》んできた花をドライフラワーにして、花瓶《かびん》や壁に吊るして飾っていたりもする。

そのすべてが売り物なのだ。

こうしておけば、商品とは別に飾りを買うことなく店内を華やかに演出できるし、お客様はその商品をどうやって使うか、一目で想像ができる。

おかげで、セットで購入する方も少なくない。

材料費はタダで、売れ行きも好調。魔道具師のスキルに感謝である。

「商品を一度にこうして見渡せるのも珍しいわね」

「ええ。他の魔道具店では、高価なものはショーケースどころか、店主に聞かないと出してもらえなかったりするもの」

奥様たちは店内を見回して、誉め言葉を口にする。

商品陳列のために、思いきって壁を【粉砕】して改装したのは正解だったようだ。

これまで王都にはなかった雰囲気が奥様たちのハートをがっちりつかんでいる。リサイクルショップとしては好調な滑り出しだ。

でも、ここは魔道具師の工房である。リサイクル品だけが売り物ではない。

会計カウンター横に料金表を貼っていると、店のドアが開いた。

「こちらのお店で、壊れた物を元通りに直せるとうかがったのですけれど、本当かしら？」

この辺りでは見かけない、身なりのいい若い女性が使用人を伴って現れた。

彼女は白いレースのパラソルを閉じて、使用人に手渡す。

ラベンダー色のドレスは見事なレースで飾られ、胸元にはアメジストのネックレスが輝いている。

「はい。私の【修復】スキルで可能な範囲であれば、お引き受けいたします」

「よかったわ。実は夫との思い出のカップにヒビが入ってしまったの。でも夫に打ち明けられなくて、どうしたらいいか悩んでいたのよ」

使用人の沈んだ表情から、不注意で落としてしまったのだろうと想像がついた。

カップならすでに何度も【修復】している。

「旦那様との思い出の品であれば、奥様にとって大切なものですよね。【修復】させていただきます。

ぜひ、お持ちください」

「まあ！　よかったわ！」

若い奥様は使用人を安心させるように微笑んでみせた。

「ね、大丈夫だって言ったでしょう？」

明るい声で言いながら、奥様は安心した様子で胸をなでおろしていた。

こういった依頼は珍しくない。私が思っていた以上に、【修復】依頼は多かった。

小さいものなら銅貨十枚から、大きなものは時間がかかるため、私の時給換算で値段を決めた。

さっき貼った料金表は、この【修復】依頼用のもの。

私は自分の技術に、値段をつけることにしたのだ。

【修復】は集中が必要なので、私は主に工房にこもって作業をしている。

店番のほとんどはフランがやってくれていた。だから、お給料が発生するのは当然のことで――

あれ？

「そういえば、フラン。さっきなにか言いかけませんでした？」

「い、いや、別になにも！」

フランの話をゆっくり聞きたかったけど、お客様は待ってくれない。

「サーラちゃん。日傘が欲しいのだけど、店頭のもの以外にも日傘ってあるのかしら？」

「そうですね。修復前のものがいくつかあります。気になるようであれば、奥様のためにいくつかお取り置きしますよ」

「それじゃあ、お願いするわ」

「かしこまりました」

言われたことを手帳に書き留めた。

私の手帳には頼まれたこと以外にお客様の好みなども書かれている。【修復】が済んだ商品の中からそれぞれ気に入りそうな物を選び、来店された時に勧められるよう情報をまとめてあるのだ。

それを真似て、フランも同じように手帳を持ち歩くようになった。

フランの手帳には、お客様への対応の仕方、話し方や商品の詳細まで書き留めてある。

——努力家で頑張り屋さんですね。

そんなフランを頼もしく、そして微笑ましい気持ちで眺《なが》める。

「サーラちゃんの店ができてから、表通りの高い店に行かなくて済んで助かっているのよ」

「そうそう。態度も悪いから、ちょっと嫌だったのよね」

他の店の愚痴《ぐち》をこぼすお客様たち。

私が普通の対応だと思っていることも、こちらの世界では普通ではなかったりするらしい。

「この店のサービスは最高ね。今日はこの日傘をいただくわ。他のものも後日見せていただくから、他のお客様に売らないでいてね」

「かしこまりました。お買い上げありがとうございます」

お礼を言って、お客様にお辞儀《じぎ》をして見送る。

頭を上げると、フランが窓の外を見て怯《おび》えた表情をしていることに気づいた。

「フラン？」

「サーラ……。王宮の馬車だ」

フランが指差した方向の窓の外に、豪華な馬車が停まっている。王家の紋章が入っており、馬車の中の人物は王族だろうと予想できた。

でも、リアムではない。

リアムなら、なるべく人目につかぬようにこちらへやってくるからだ。……黒ずくめだから違う意味で目立つけど。

紋章入りの馬車から降り立ち、店に入ってきたのは――

「へぇー。サーラにしては、よく考えたね」

元夫、ヴィフレア王国第一王子であるルーカス様が、さわやかな笑顔を浮かべて現れたのだった。

◆◇◆◇◆◇

サーラはすぐに王宮へ戻るはずだった。

だが三日過ぎ、一週間過ぎても帰ってくる様子はない。

――なぜ戻らない？

手持ちの金もなく、所持品もわずかしか与えなかったというのに、サーラが王宮に戻ったという報告はない。

ボロボロの空き家を手配したと、ソニヤは言っていた。

だから、すぐ音《ね》を上げて謝ってくるだろうと思っていたのだ。

だが、どうだ？

サーラはまだ戻らない。

「これはどういうことだ」

ソニヤのプライドを傷つけたら面倒なことになるので、内緒で人をやって調べさせた。

その結果、サーラは魔道具師として商売を始め、順調に生活していることがわかった。

今日、受け取った報告書によれば、サーラは手持ち花火という子供騙《だま》しの商品を作ったらしい。

「手持ち花火？　どんな商品だ？　聞いたことがないな」

花火は打ち上げるものだ。あれをどうやって手で持つというのか。

報告書だけでは手持ち花火とやらが、どんなものであるかも想像できなかった。

そこそこ売れたらしく、食費程度にはなったとか。

さらに、サーラはゴミを集め、魔道具師が持つスキルの一つ【修復】でゴミを新品同様にして売っている――ゴミ？

このゴミを売っているという報告もよくわからなかった。

しかし、これが順調で、客足は途絶えるどころか増える一方だと書いてある。

「気に入らない」

なにが気に入らないって？

それは、サーラがすっかり僕を忘れて生活していることだ。

別れた妻であったとしても、一度は僕の妻となった身。

簡単に僕を忘れるなんて許されない。

サーラは僕のもとへ戻る気がないのか、報告書からは未練のみの字すら見出せなかった。

「まるで別人だな」

報告書を机に放り投げ、執務机に頬杖をつく。

「よりにもよって魔道具師か。芸術家なら、まだ応援できたかもしれないけどね」

芸術家か音楽家なら、僕がサーラの後援者になって、ずっとそばに置いてあげることもできたのに、よりによって魔道具師として自立したいと言い出すとは思いもしなかった。

僕の執務室の壁には、新進気鋭の画家たちに描かせた絵がいくつも飾ってある。

それに比べ、リアムの部屋は殺風景で飾り気がない。

僕とは真逆だ。

あいつは自分がなにを好み、必要としているか隠す。

人間関係もそうだ。昔から人と深く付き合わず、距離を置く。

そのリアムが話しかけていた唯一の人間がサーラだった。

僕がサーラに興味を持ち、妻に選んだ理由の一つにそれがある。

リアムが会話をするくらいなのだから、なにか特別な魅力を持っているに違いないと思っていた。

腹違いの弟リアムは底なしの魔力を持ち、天才と呼ばれる王国最強の魔術師だからだ。

「十年前、十二歳だったリアムも、今は二十二歳か」

今の僕は二十八歳で、サーラは十八歳。

年齢を考えたら、今となっては僕より二十二歳のリアムのほうが、サーラと釣りあう。

そう思ったら、ますます気に入らない。

「よし、会いに行こう。僕が直々《じきじき》に会いに来たと知ったら、感激して王宮へ戻ると言うかもしれないしね」

どうせ約束を破り、こっそりリアムがサーラを手伝っているんだろう。順調に生活できているのは、リアムが資金を援助しているからに決まっている。

さっそく様子を見に行くことにした。

「ルーカス様、馬車の用意ができました」

「ああ」

護衛を数人従え、王宮を歩いていると偶然にもソニヤと鉢合わせした。

「ルーカス様。どちらへ行かれますの？」

今日のソニヤの予定は王宮に自分の友人たちを招待し、お茶会をすると言っていたが、その友人たちがそばにいない。

――なるほど。偶然鉢合わせしたわけじゃないな。

侍女か侍従に見張らせ、僕がでかける際は報告するよう命じていたのだろう。そのことに気づいたけれど、僕は笑顔でソニヤに答えた。

なぜなら、僕にやましいことは一切ないからだ。

「町へでかけてくるよ」

「まさか、サーラのところへ？」

まるで、浮気相手に会う旦那を咎《とが》める妻のようだ。

イライラしているソニヤを冷ややかな目で見た。

「ソニヤ、君が悪いんだよ？　君に任せておけば、うまくいくはずだったよね？」

ソニヤは気まずそうな顔をする。自分の落ち度を指摘され、なにも言い返すことができないようだった。

「だから、僕が直々《じきじき》に様子を見に行くことにしたんだよ」

「今日はラーシュが剣の稽古《けいこ》をする日です。見てくださる約束だったでしょう？」

「剣はあまり得意じゃない。騎士団長にでも任せたらいい」

息子のラーシュは十歳になるが、魔法より剣に夢中で、僕と似ておらず、愛情をいまいち持てない。

そのせいか、ラーシュも僕より他の人間に懐《なつ》いている。

子供は苦手だから、それでいいけど、ソニヤがうるさい。

「ソニヤ。勘違いしないでほしいな。僕は君の尻拭いに行くんだ。責められることはなに一つないはずだけど」

「え、ええ……。それは、そうですが……」

ソニヤは黙り込んでしまった。

お願いしますくらい言ってほしいものだ。

ソニヤはノルデン公爵に似て、プライドばかり高くて困る。

「わかりました。では、ラーシュの剣の稽古《けいこ》は騎士団長にお願いしますわ」

「そうだね。それじゃ、行ってくるよ」

嫉妬《しっと》深いソニヤは、僕がでかけるのを険しい顔で見送った。

ソニヤは美貌と強い魔力を兼ね備え、優秀な成績であったことから、僕がサーラを選ぶ前から妃に推《お》されていた。

彼女も僕の妃になることを望み、僕を押し倒してまで関係を持とうとした。僕はソニヤを嫌いではなかったし、美人に迫られたら悪い気はしない。

でも、まさかたった一度の関係で、子供を授かるとは思っていなかった。

息子のラーシュは十歳。

サーラが氷に閉じ込められた日、ソニヤのお腹に子供がいることを知った。

「まあ、それを知っていたなら愛する僕への冷たい態度もわかる。でも、サーラは知らなかったはずなんだけどな」

馬車に揺られながら、結婚式当日の記憶を振り返った。

結婚式を終えた後、ソニヤが会いに来て、お腹の子が僕の子だと打ち明けた。

サーラは、それを知る前に氷の中に閉じ込められている。

――彼女は気づいていないはずなんだけど。

「いや、待て。サーラは僕の浮気を知ったからといって、冷たい態度を取るような性格だったか？」

おとなしく控えめで、自分の思いを口に出さずに遠慮ばかりしていた。

その彼女が、氷の中から目覚めた途端、自立宣言だ。

違和感しかない。

なにより僕を拒み、王宮にも僕にも未練はないとばかりに出ていった。

「どう考えてもおかしい……」

「ルーカス様？」

名前を呼ばれ、我に返った。

気がつくと、馬車はすでに裏通りに入り、サーラが住んでいる家の前に到着していた。

「あの、到着しましたが……」

御者《ぎょしゃ》が馬車の扉を開けたまま、中をうかがっている。

僕がなかなか出てこないので心配になったのだろう。

「今、降りる」

王都の裏通りなど、ほとんど来る機会もなかったが、今日は特別だ。

サーラのために、僕にふさわしくない場所であっても訪れてあげよう。

「小汚《こきたな》いところだな」

「裏通りでも、ほとんど王都の外に近い場所ですので仕方ありません」

「わかっている」

護衛たちが一礼し、僕の両側に立つ。

昔、母上と食料を配りに裏通りを訪れた時は古びた建物が並び、汚《きたな》いゴミで埋め尽くされていた記憶がある。

それ以来、僕が裏通りへ足を踏み入れることはなくなった。

「こんな汚《きたな》い場所に尊い身である僕が訪れたんだ。きっとサーラは感激して泣き出すだろう」

さあ、サーラが住んでいるというボロ家を眺《なが》めよう！

どんなみすぼらしいところかと思いながら、サーラが住む家を見る。

そこにあったのは——

「うん？　新築……？」

こんな真新しい建物が、裏通りにあっただろうか——いや、ない。

庭には色鮮やかな花が植えられ、木製の看板には『サーラの魔道具店』と書かれている。店名の横には、花の絵が添えられていて可愛らしい。

小さな前庭に足を一歩踏み入れたら、そこには様々な商品が並んでいた。

椅子やホウキ、ブリキのバケツが積み重なり、リボンを結んだり、造花を入れて飾ったりと、女性が好みそうな工夫がしてある。

それだけじゃない。

ガーデンパーティーを開いているように見える庭の商品はすべて売り物だ。

僕の護衛としてついてきた騎士たちがざわつく。

これまでの王都にはなかった新しい形の店に、僕も驚いた。

「うわっ！　全部、売り物だ。値札がついているぞ」

「ただの飾りじゃなかったんだな。そういえば、妻から花瓶《かびん》が欲しいって頼まれていたんだっけ」

「思ったよりも安いな」

一緒に来た護衛たちは手頃な値段に喜び、品物を物色しはじめた。

店から出てきた女性客はおしゃべりに夢中で、こちらに気づかず通りすぎていった。

「いい買い物をしたわぁ。ここで逃したらもう出会えない一点ものばかりですものね！」

「そうよ。それに掘り出し物もあるの。国王陛下が即位された時に作られたという限定のお皿を手に入れた時は興奮したわ」

「まあ！　運がいいこと。貴族じゃないと手に入らないものじゃないの。うらやましいわ」

ガーデンパーティー風の飾りつけをしたテーブルに置かれたティーカップに目をやった。

――このティーカップは、貴族の屋敷で使われるものじゃないか？

そこらの裏通りの雑貨店で売っている安っぽいカップとは雰囲気がまったく違う。

どうやら、サーラが魔道具師の【修復】スキルを使用し、集めたゴミを新品同様にして店で売っているというのは本当らしい。

資金を持たないサーラが、どうやって生活資金を得たのかわかった。

「【修復】スキルが役に立つとはね……」

魔道具師の【修復】スキルには欠点がある。

壊れたものを一瞬で元に戻せるのであれば、とても便利なスキルだ。だが、使用するには魔石が必要で、道具を使って細かい作業をしなければならない。

戦場や旅の道中で、そんなことをしているヒマがあるだろうか。

日常であれば、新しいものを買ったほうが早い。

――だが家すら【修復】できていることを考えたら、サーラの【修復】スキルはかなり上がっているな。

やはり、サーラは以前のサーラじゃない。

そもそも、ゴミを拾って売ることを思いつくような女性ではなかった。

――では、いったい誰が彼女に助言を？

サーラに助言するような味方はリアムしか考えられない。考えられないが、リアムがゴミを拾う姿は想像できない。

チリ一つ残さず、すべてを燃やし尽くす凶悪なリアムの姿しか浮かばなかった。

「まあ、いい。店に入ればわかることだ。それにしても、娘がゴミを集めて売っていると知ったら、アールグレーン公爵はさぞや嘆《なげ》かれるだろうな」

ゴミはしょせんゴミでしかない。

店の前だけ立派にして、客を呼び寄せているだけだろう。

多くの芸術家を世に送り出した僕の目を騙《だま》せると思うなよ？

サーラの浅知恵を鼻先で笑い飛ばし、僕は店のドアを開けた。

ドアを開けた先にはサーラがいた。彼女は店の女主人らしく、店内で客と談笑している。

「これは……」

店内も庭と同じように、一般的な家庭を模《も》している。ダイニングテーブルには売り物の皿やフォーク、レースのテーブルクロス、白鳥の形をしたガラスの置物など。

女性が好みそうな雰囲気で、こんな台所や居間にしたら素敵だろうという空間を作り上げている。

これなら購入後、部屋に置いた時のイメージもしやすい。

「へぇー。サーラにしては、よく考えたね」

接客しているサーラに声をかけた。

きっと彼女は、僕の訪問に感激して涙を流すに違いない。

そう思っていると――

「ルーカス様、いらっしゃいませ。少々お待ちください」

作り笑いを浮かべ、僕を無視して接客に戻った。

――うん？　僕を無視してまで優先すべき話かな？

どんな重要な話なのかと思えば、日傘の話をしている。

ヴィフレア王国第一王子である僕を放置していいと思っているのか？

こんな邪険な扱いをされたことは一度たりともない。

「第一王子である僕を待たせるとは、いい度胸だね」

「なにかお買い求めになられるのですか？」

サーラはあくまで店の主と客の関係を強調しようとする。元は夫婦だったというのに、それをちらりとも出さない。

「僕がなにか買いにきたとでも思っているのか？」

「いいえ。ですから、お客様を優先させていただきました」

以前のサーラは僕に話しかけられただけで、おどおどしていたくせに、今は堂々としている。

――そうか。わかったぞ！

今のサーラには失うものがない。

だから、こんな強気でいられるのだ。

「フラン。こちらのお客様の商品を包んでもらえますか？」

「うん……じゃなくて、えっと、わかりました」

サーラは手伝いを雇っているらしい。

安い獣人を使うのは賢いとは思うが、高級店では考えられないことだ。

サーラは獣人の少年に商品の包装を頼むと、ようやく僕と話しはじめた。

「なにかお話ですか？　こちらはお客様がいらっしゃるので、工房のほうでお聞きしてもよろしいでしょうか？」

サーラは他人行儀な態度で、工房に続く奥のドアを開け、僕を招いた。

僕の後ろから、ぞろぞろと護衛がついてきてとても窮屈《きゅうくつ》だ。

これでは、落ち着いて話などできない。

「お前たちは外で待っていろ。護衛は必要ない」

「ですが、ルーカス様……」

「十年ぶりに二人きりで語りあいたいんだ」

今の僕のセリフにサーラはときめいたはず。

ちらりとサーラを見ると、心から不愉快だという顔をしていた。

——なぜだ！

渋々、僕を案内しているという態度も気に入らない。

僕はイライラしながらサーラの後ろをついていった。

「これが、君の工房？」

「そうです」

サーラの工房は、石ころが山のように積み上がり、裏庭にゴミが散乱している——そんな、貧乏臭い場所だった。

あまりのみすぼらしさに笑ってしまう。

「サーラ。君は店がちょっとうまくいって調子に乗っているようだけど、目新しさがなくなったら、すぐに潰《つぶ》れるよ」

まともな素材も揃《そろ》っていない工房を見れば、潰《つぶ》れるのは時間の問題だとすぐにわかった。

だから、今の言葉は僕の優しさだ。

僕の知るサーラなら、素直に忠告を聞き入れるだろう。

『そうですね。ルーカス様のおっしゃる通りです』

か細い声で弱々しくそう答えるはずだ。

だが、今のサーラは違った。

「それはどうでしょう。資金が貯まれば、色々な素材が買えるようになります。試したいことはまだまだ、たくさんあるんですよ」

サーラの生き生きとした顔を見たのは、これが初めてだった。

周りの顔色をうかがい、存在を消すように生きていた彼女はいない。

その自信が僕には疎《うと》ましく感じた。

「へぇ。ずいぶん自信があるんだね。子供のお遊び程度の店だって、自覚がないからかな」

「子供のお遊び？」

石ころと、魔石の粉末を水に溶かしたものが木の作業台に置いてある。

魔石を粉末にし、それを調合して使うことで、繊細《せんさい》な【修復】作業を可能にしているようだ。

僕はテーブルの上に転がる石ころを一握りつかんだ。

「笑えるなぁ。石ころを魔石にするなんて、子供しかやらないよ」

「どういう意味ですか？」

サーラは不思議そうな顔をする。

「こんな石ころを地道に磨いているのかと思うと、【魔力なし】の君が可哀想になってくる」

石ころを一つ宙に投げ、風魔法を使う。

サーラが地道に磨いていた石ころが一瞬で魔石に変わった。

魔道具師の【研磨】と同じ効果がある風魔法だ。

床に色鮮やかな魔石が転がる。

「ほら、魔法を使えば一瞬で終わる。ああ、君は魔力がないんだっけ？」

足元に落ちた魔石を呆然と眺《なが》めるサーラに追い討ちをかける。

君は無力で、僕を頼らなければ生きていけないんだよと、教えるように。

「君がやってることはすべて無駄なんだよ。わかるかな？」

自分の無力さを知って泣き出すか、諦めますと言ってくるか、そのどちらかだと思っていた。

けれど、彼女は――

「うーん……。無駄？　無駄ではないと思いますよ」

不思議そうな顔で首をかしげただけだった。

「私のお店に来店されるお客様は喜んでいますし、【修復】も好評です。魔石は時間がかかっても、地道に【研磨】すればいいので、特に問題はありません」

無力さを思い知らせたというのに、サーラの心は折れていなかった。

むしろ、前より強くなった気がする。

「ルーカス様。普通の人々には魔力がなく、魔術や魔道具は馴染みのないものです」

「馴染みがない？　魔石を利用した魔道具なら、水の浄化や王都の明かりに利用されているだろう？」

「それだけです」

サーラがなにを言いたいのか、僕にはよくわからなかった。

「魔術と魔道具は魔力を持つ王族と貴族の特権だ」

「なぜ自分が特権を与えられているのか、考えたことがありますか？」

サーラの声は落ち着いていて、十歳も年上になった僕にひるむことなく意見してくる。

「王族や貴族が持つ知識や技術は、自分の力を誇示《こじ》するためではなく、人々のために使うものだと私は思います」

――これは誰だ？

サーラの声音《こわね》は静かで力強く、僕が知っているサーラではないと確信した。

「ですから、私は普通の人たちが気軽に使える魔道具店を目指しています」

それは王宮に戻らないという宣言。そして、僕への宣戦布告だった。

僕はぐっと拳を握りしめ、感情を殺した。

格下相手に怒りを感じるなど、馬鹿げている。

目の前にいるのは落ちこぼれのサーラだ。

「それで、ルーカス様のご用事はなんでしょう？」

「用事……」

君の惨《みじ》めな姿を見に来たんだよとは、さすがに言えない。ならば、今思っていることを口にしようと決めた。

「以前の君より、今の君に興味が湧《わ》いたから会いに来たんだよ」

「興味？」

「そうだよ。以前の君に興味はなかった。おとなしくて退屈で、いいなりになるだけだったからね」

まるで口説いているみたいだっただけど、まあいいやと思いながら続けた。

「今の君は面白い。そうだなぁ。愛人くらいにはしてあげてもいいかな？」

「以前の私には、興味がなかった……？」

結婚生活ゼロ日とはいえ、結婚式を挙げた夫から興味がなかったと言われ、さすがにショックだったのだろう。彼女はついに、さっきまでの冷静さを失った。

落ち着いていた声音《こわね》が震え、彼女の空色の瞳が僕をにらみつける。

「謝ってください……！」

サーラが怒る姿を初めて目にした。

「私に謝ってください！　以前の私に！」

声を荒らげ、顔を赤くして怒る彼女が面白いと思った。

「いいよ。君が王宮に戻ると約束するのなら、愛していたと言ってあげよう」

「ルーカス様の愛はいりません。謝罪さえしてくだされば、それで結構です！」

サーラの強い言葉——それは僕に対する拒絶の言葉だった。

◆◇◆◇◆◇

元夫が新しい住まいに押しかけてきて、意味不明なことを言っている。

「以前の君より、今の君に興味が湧《わ》いたから会いに来たんだよ」

それが結婚しようと決めて、式まで挙げた相手に言う言葉だろうか。

ルーカス様との結婚が決まった後、他の女性から嫉妬《しっと》され、嫌がらせをされても黙って耐えてきたサーラ。たとえ、両親から道具のように扱われても、自分にはルーカス様がいるのだからと信じて結婚した。

でも、私は彼女が陰で一人泣いていたことを知っている。

「私に謝ってください！　以前の私に！」

気づいたら、大声でルーカス様に怒鳴っていた。

「いいよ」

さすがに謝るだろうと思った瞬間、ルーカス様は信じられないことを言った。

「君が王宮に戻ると約束するのなら、愛していたと言ってあげよう」

——寝言を言うには日が高すぎませんか？

うっかり、そんな言葉が口から出そうになって、慌てて呑み込んだ。

「ルーカス様の愛はいりません。謝罪さえしてくだされば、それで結構です」

きっぱり断ったのがいけなかったのか、ルーカス様は不快そうな顔をした。

そんな顔をしたいのは、こっちのほうだ。

「少しは稼げるとわかったからか、ずいぶん気が強くなったみたいだな」

ルーカス様の青い目がすばやく動き、工房内を見回す。

私の店がうまくいっている理由を考えているのかもしれない。

もしくは、リアムに手伝ってもらっているという痕跡《こんせき》を探し出し、無理やり王宮へ連れ戻すつもりじゃ――

「下級精霊？」

ルーカス様はリアムが置いていった連絡用のクラゲ精霊ちゃんに目を留めた。

透き通った下級精霊の体はまさに海を漂《ただよ》うクラゲのようで、ふわふわして頼りない。

「なにかあった時、私を守るための精霊だと言ってました。手伝ってもらっているわけではありません」

「それはわかるよ。下級精霊にできることは限られている。召喚した主の簡単な命令を一つ聞く程度の力しかない」

ルーカス様はなにを思ったのか、クラゲ精霊ちゃんの体をつかんだ。

「ふーん。リアムが君を守っているのか。気に入らないな」

「その子になにをするつもりですか？」

クラゲ精霊ちゃんを捕まえると、ルーカス様は残酷な笑みを浮かべた。その表情にゾッとして、背筋が寒くなる。

ルーカス様にとって、下級精霊は虫くらいの感覚なのだろう。

気づいた時には遅く、クラゲ精霊ちゃんの体から白い煙が上がっていた。甲高い悲鳴が響き、クラゲ精霊ちゃんはルーカス様の手の中で、苦しそうにもがく。

「僕に感謝するんだね。精霊界へ帰してあげるよ」

「ルーカス様！　精霊が苦しんでいます。やめてください！」

「なら、君が持つ力で救ったらどうかな？　落ちこぼれで【魔力なし】のサーラ？」

ルーカス様の冷たい目は、クラゲ精霊ちゃんではなく、私に向けられていた。

――これは私への仕返しだわ。

助けたいけれど、私の店に魔法を無効化できるような魔道具はない。ルーカス様は工房を物色し、それをわかった上でやっているのだ。

ただ、私に嫌がらせするためだけに。

無駄だとわかっていたけど、ルーカス様の腕をつかんで、なんとか精霊を助けようとした。

「相変わらず君は馬鹿だな。魔力もだけど、力で僕に勝てるわけがない。名前さえ持たない下級精霊なんか見捨てたらどうだ？」

下級精霊を簡単に消す力を持つルーカス様。

魔術を使わずに精霊を召喚するリアム。

ルーカス様の妻に選ばれたソニヤだって、すごい魔術を使えるのだろう。

これが、サーラの世界。

無力さを味わうことはサーラにとって当たり前で、優秀な魔術師たちに囲まれて育つ日常が、どんなに辛かったか。

記憶を眺《なが》めているのと、実際に目の前で力を見せつけられるのでは、まったく感じ方が違う。

――魔力がないって、こういうことなの？

なにもできない自分が悔しくて、涙がにじんだ。

それなら腕に噛みついてやると思った時、下級精霊は突然消えてしまった。

「消えた……？」

けれど、そう思ったのは魔力を持たない私だけで、余裕たっぷりだったルーカス様の顔色が変わる。

「リアムめ！」

ルーカス様はここにいないリアムの名前を呼び、焦《あせ》った様子で私の手を振りほどいた。

そして、頭上から強い風が吹き――ルーカス様は体を屈《かが》め、手のひらを頭上に向ける。

「くそ！　魔術が間に合わない！」

魔法では負けると判断したルーカス様は、とっさに魔術を使おうとしたけれど、魔法陣を描く時間も詠唱する暇もなかった。

魔術を発動させるには、それなりの準備や道具が必要なのだ。

部屋の中の紙が舞い、椅子がガタガタと音を立てる。私の髪が強風で乱れ、ここが室内であることを忘れそうだ。

身動きを封じるほどの重い風が、ルーカス様を押し潰《つぶ》していく。風の強さにルーカス様は立っていられなくなり、床に膝《ひざ》をついた。

リアムの狙いは、そのまま床に頭をつけさせることかもしれない。

――う、うわぁ……。リアム、プライドの高いルーカス様の性格をよくわかってますね。

裏通りの店の床に額をこすりつけたりしたら、ルーカス様にとって一生消えない傷になりそうだ。

「このっ……僕によくも……」

ルーカス様は黄色の魔石がついたブレスレットを外し、風の中へ放り投げた。すると暴風がゆるやかに静まっていく。

身を守るための魔道具は、護符に分類される。

ブレスレットに施《ほどこ》された術が発動し、魔石は色を失って普通の石に戻った。力を失った石がふたたび魔力を蓄《たくわ》えるには長い時間がかかる。

気づけばブレスレットだけでなく、ルーカス様が身につけていたアクセサリー類もいくつも色を失っていた。

ルーカス様は魔力を失った魔石のアクセサリーを外し、床に叩きつける。

「くそっ……！」

これで終わりかと思ったが、まだ終わりではなかった。

消えた風の中から、美しい緑の髪と金色の瞳、竪琴《たてごと》を持つ女性が現れた。

それは、名前さえ与えられない下級精霊たちとは一線を画す存在。


【風の乙女《シルフィーネ》】

『それは幻影。風を奏で大地に響かせる。幽閉された乙女は風に焦《こ》がれる』

魔力を持たない私でさえ知っている、風の上級精霊だ。

精霊たちは精霊界に存在し、魔術師は魔力を使って彼らを召喚する。ランクの高い上級精霊を呼び出すには、多くの魔力が必要となる。

上級精霊を召喚できるだけでもすごいけど、リアムはこの場にいないのに、それをやってのけた。

「下級精霊を戻し、上級精霊を召喚したのか。僕もできないことはない。ここにいない精霊を呼び出せばいいだけだからね」

そう言いながら精霊をにらみつけたけど、ルーカス様が見ているのは、その向こうにいるリアムだ。

【風の乙女】はリアムの代弁者となって、出入り口の方角を指差す。

誰もドアに触れていないのに、勝手にドアが開いた。

言葉がなくてもわかる。

ここから出ていけと言っているのだ。

ルーカス様はボロボロになった手袋を床に投げ捨てた。きっと、王宮からついてきた人たちに見られたくないのだと思う。

リアムとルーカス様の関係は、穏やかなものではない。

王子同士が魔術でやりあったことを知られるわけにはいかないのだろう。

「仕方ない。君を王宮に連れ戻すつもりだったけど、今日は無理そうだな」

「私は戻りません」

「このまま店を続けられると思ってるなら、大間違いだよ」

ルーカス様は私を馬鹿にする態度を改め、真剣な顔で言った。

「君も知っているだろう？　一度でも王子の妃になった者は、別れたとしても王宮の外で暮らすことは禁じられている」

「でも、ルーカス様は私が一人でやっていけるなら出ていっていいと許可してくださいましたよね？」

「そうだよ。君がやっていけるとは思わなかったからね」

まさか、権力を使って、私を連れ戻そうと言うのだろうか。

私が身構えると、ルーカス様は【風の乙女】をちらりと見た。

「リアムがここまでして君を守るとは、思わなかった。いや……。十年前を思えば、ありえない話でもないか。あいつは君を気に入っていたみたいだから」

ルーカス様はリアムの手前、私を無理やり連れ戻すことはできないようで、苦々しい表情を浮かべた。

「まあいい。今日は帰るよ。護符も使ってしまったしね」

次に攻撃を受けたら、手袋だけでは済まないと判断したらしい。

ルーカス様は冷静さを取り戻すと、さっきまでリアムの魔法に四苦八苦していたとは思えない優《ゆう》雅《が》さでマントを翻《ひるがえ》した。

そして、半分だけ振り返り、私に言った。

「今の君なら、僕のそばに置いてあげてもいいかな。君が僕にお願いしますと頼むならね」

「お断りします」

ルーカス様はムッとしたけど、私は戻る気なんて針の先ほどもない。

「あ、そうだ。これを君に渡しておくよ」

「え？　なんですか？」

ルーカス様は王家の紋章が入った封筒を手渡した。

なんだろうと思いながら、封筒をひっくり返して眺《なが》める。

手紙の内容を聞こうとして顔を上げると、ルーカス様はすでに立ち去った後で、馬車に乗る音が聞こえた。

これ以上ここにいたくなかったのだろう。

――なんて、マイペースな人なの。

結局、私の言葉をまともに聞いてくれなかった気がする。

それは、私がルーカス様にとって対等な存在ではないから。

私はまったく歯が立たず、リアムがいなかったら、王宮へ連れ戻されていたかもしれない。

ルーカス様の言葉を思い出すだけで、悔しさが込み上げてくる。

「絶対、謝ってもらうんだから……！　いつか、悪かったって言わせてみせるわ！」

でも、まずは渡された手紙の内容を確認しなければ。

これが、ふざけた恋文などではないことくらい、なんとなくわかる。

封筒を開けて、中身を取り出す。

「土地使用料？」

王都に店を持つ魔道具師の義務として、毎月金貨三百枚の支払いを命じる――そう書いてあった。

「まっ、毎月金貨三百枚っ！」

金貨三百枚なんて、私の店の売り上げでは到底支払える額ではない。

ぐらりと倒れそうになって壁に手をついた。

「サーラ、どうしたの？」

私の叫び声を聞いたフランが工房に駆けつけた。

フランの背後から、リアムが顔を覗かせる。

リアムの顔を見て、ホッとする日が来ようとは思わなかった。

「フラン……リアム……」

じわっと涙がにじんだ。

ルーカス様が訪れたことを知ったリアムは、急いで来てくれたのだろう。たぶん、ここに向かっている途中で【風の乙女】を召喚し、さっきのドンパチをやらかしている。

だというのに、顔色一つ変えてない。

――これが天才ですか。

こっちは強風の巻き添えをくらって、髪はボサボサで、金貨三百枚の衝撃で涙目である。

「無事か？」

「無事じゃないです……。金貨三百枚……」

「は？　金貨？」

リアムはいつもの軍服ではなく、短い黒髪を後ろで結び、黒いシャツとズボン、コートを羽織っている。コートは豪華だけど、急な外出で適当なものを選んだのだとわかる。

第二王子だけど、リアムは宮廷魔術師として働いていていて忙しい。

今日は貴重なお休みだったようだ。

「金の話より体の話だ。指の一本でも欠けてはいないだろうな？」

「爪の先さえ欠けてないです。それより、お金ですよ！　お・か・ね！」

「仮にも元夫の第一王子が来たんだぞ。金より先になにか言うことがあるだろうが！」

金貨三百枚の衝撃で、ルーカス様の存在は私の中でミジンコくらいまで小さくなっていた。

高額な土地使用料を知って、魔道具が高級だった理由もルーカス様が余裕だったのも、ようやく理解できた。

王の領地――特に王都で商売をする商人たちは、土地の価値に見あった金額の使用料を納めているのだ。

魔道具師がなかなか独立できないのもわかる。

お金持ちのお得意様がいない限り、毎月金貨三百枚なんて稼げない。

店の経営、自分の生活、新しい商品の開発資金と、お金はどれだけあっても足りないのだ。

リアムは作業台の上に置いてある王家の紋章入りの封筒に気づき、手に取って中身を確認した。

「なんだ。土地使用料のことか」

リアムが書面を眺《なが》め、私の状況を理解したようだ。でも、私の衝撃がまるで伝わっていない。

一方フランは書面を見て、ぶるぶる震えだした。

「き、き、金貨三百枚？　すごい大金じゃん！」

フランは私と同じくらい驚いていた。

リアムの後だからか、フランの反応が可愛らしく見えた。

私のお店のピンチなんだから、リアムもこれくらい驚いてほしい。

「金貨三百枚は魔道具師なら普通だな」

「これが普通？　たとえばファルクさんなら余裕で支払えるってことですか？」

「当たり前だろ。……【風の乙女】、戻っていいぞ」

リアムは私の無事を確認すると、【風の乙女】に帰還を命じた。彼女はリアムにお辞儀《じぎ》をし、役目を終えたとばかりに、その姿を消した。

上級精霊からお辞儀《じぎ》される人間に普通を語られたくない。

「だが、裏通りの店は金貨十枚から三十枚が相場だ。魔道具師を名乗って商売をすることを鑑《かんが》みても、金貨三十枚から百枚というところだな」

金貨百枚、それでも売り上げのほとんどである。

それでも、金貨三百枚に比べたらなんとか支払えないことはない。

稼いだ分を丸ごと王家に取られるも同然ではあるけれど……

「正当な金額にしてもらえるよう王宮にかけあったらどうだ？」

「そんなことできるんですか？」

「商人ギルドに申請すればいい。商人ギルドは商人たちで作る組合で、法律に詳しく、不当な取引に際して仲介に入ってくれる」

さすが商人たちは抜け目がないというか、色々な国で商売をしているだけあって、たくましい。

うっかり言われるがまま、金貨三百枚を支払うところだった。

「リアム、教えてくれてありがとうございます」

最高額で金貨百枚――まだまだ厳しいけど、なんとか現実的な金額にできそうで、ホッと胸をなでおろした。

知らなかったら、金貨三百枚の前に燃えカスとなり、しばらく動けなかったかもしれない。

――金貨百枚でも、じゅうぶん精神的ダメージを受けたけど。

「節約しながら、新しい商品の開発に乗り出します」

「それがいいだろうな。魔道具師として商売するなら、魔道具を売るべきだ」

「もちろん、それは考えてます」

「なにを作るつもりだ。アクセサリーか？　小物類か？」

「いいえ。私はファルクさんの店に置いてあったような魔道具を売るつもりはありません。この場所であの金額は高すぎます」

「それなら、なにを売るんだ。今の商売だけでは立ち行かないとわかっただろう？」

リアムの言う通り、リサイクルショップだけでは金貨百枚でも支払っていくのは厳しい。

それに私の店は裏通りでも奥まった場所にある。

王都の端にある小さな店に、普通の魔道具を買い求める層がわざわざ足を運ぼうと思うだろうか。

「私の店の客層は労働者や商人の奥様たちです。日常的に使える、実用的な商品でなくては買ってもらえないでしょう」

「客層か……。安く売りたいのはわかるが、魔道具に欠かせない魔石は安くないぞ」

「そうです。ですから、魔石を多く必要とする大きな魔道具は作れません」

安く売ることができる、実用的な魔導具。

それも店の雰囲気と合っていて、修復した品々を物色しつつ、購入してもいいかなと思えるようなものがいい。

だからこそ、最初の商品が肝心である。

「手軽で便利で、女の人が欲しくなるもの……」

「あのさ。もっと値段を高くしたらどうかな？　魔石で前より頑丈《がんじょう》になっているのに、商品が安すぎるよ」

フランの言うことはもっともだったけど、私は自分の店をどんな店にしたいかと考えた時、表通りにあった魔道具店のような高級志向の店にはしたくなかった。

「フラン。私の魔道具店は、どんな人でも気軽に入れる店にしたいんです。獣人であっても帽子で耳を隠さずに入れる店です」

「獣人でも……」

フランが感動している隙に、どさくさに紛れて耳をなでた。

茶色の犬耳がぴょこぴょこ動いて可愛い。

「悪くないな」

ルーカス様なら激怒すると思うけど、リアムは私の理想を聞いても反対しなかった。

同じ王族でも、考え方はそれぞれ違うようだ。

「それで、サーラは獣人にも魔道具を売って使えるようにするってこと？」

「そうですよ。いろんな人がお店に来てくれたほうが、賑《にぎ》やかで楽しいじゃないですか」

シバタルイだった頃の私は、幼い頃から病弱で、部屋に一人でいることが多かった。

だから、お店にたくさんの人が来てくれて、笑っている顔を見るのが楽しくて嬉しい。

特別な日でなくても、気づけば人が集まってくる――そういう店にしたいのだ。

「ああ、客層は広いほうがいい」

さっきから珍しく、リアムは私の意見を肯定してくれている。

反対されないとわかり、調子に乗った私はリアムを夕食に誘った。

「リアム。よかったら、夕食を食べていきませんか?」

「夕食を?」

「ルーカス様から助けていただいたお礼です。あっ! でも、そんな豪華な食事ではないんですけど……」

誘ってから気づいたけど、リアムは王宮の豪華な食事に慣れているはずだ。

「食材は裏通りの市場で購入したもので、とても新鮮なんですよ。だから、安心して食べられます!」

裏通りの市場は表通りの店と違って、自由で活気があり、種類も豊富で他国の食材も手に入る。

表通りは貴族御用達の商品が多く、食材はヴィフレア王国で採れたものがほとんどだ。

私は安くて種類豊富な裏通りの市場を利用している。

「食べ物にこだわりはない。魔術師として王都以外にいることも多いからな」

「そうなんですか?」

サーラの記憶を見た私のイメージとしては、十二歳の頃のリアムは王都から出ない箱入りのお坊ちゃまだった。

私が言わんとしていることに気づいたらしく、不機嫌そうな顔をした。

「任務があれば、どこにでも出向く。昔とは違う」

「大人になったんですね」

「お前は俺より年下になったけどな」

本当はシバタルイのほうも、リアムより年上なんですけどね。

でも、リアムは私にサーラでいてほしいと思っているかもしれないので、言わないでおいた。

「えっと……。それじゃあ、夕食の用意をしますね。フラン、お皿を並べてください」

「うん。わかった。今日はなんのメニュー?」

「フランが好きなビーフシチューですよ。もちろん、肉も野菜も大きめです」

「うわぁ。サーラ、ごちそうだね!」

「おい、待て。なにがごちそうだ! まったく節約できてないぞ!」

リアムは私たちの食生活の変化に気づいてしまったようだ。

リサイクルショップを始めてから家計に余裕ができたため、食費の割合をだいぶ増やしていた。

土地使用料が必要だと知らなかったのもある。

「しっかり煮込んだから美味《おい》しいですよ。火の魔石を使いましたが、悔いなし!」

長時間煮込まなくてはいけないビーフシチューは、火の魔石を使えば、工房で作業しながら作れる簡単な料理だ。なぜ火の魔石にこだわるのかと言うと、私は火力の調節が苦手で、燃料は薪《まき》ではなく、贅沢《ぜいたく》に火の魔石を使う必要があった。それも値の張る中級以上の魔石でなくてはならない。

石ころクラスの魔石では火花程度しか出ないので持続時間も足りず、目玉焼き一つ作れなかった。

だから、雑貨店へ行って火の魔石を購入した。

火の魔石をかまどにセットすると、コンロとオーブンが使用可能になる。火を起こす必要がないから安全だし、とても便利だ。

「でも、しばらくはビーフシチューもお預けですね」

それぞれの皿に、これでもかというくらい大盛りに盛りつけた。

リアムもビーフシチューを一口食べると、険しい表情を和《やわ》らげた。どうやら口に合ったらしい。

玉ねぎとニンジンはスプーンを入れると溶けるように簡単に切れるし、肉と野菜の旨味が絡みあい、最高に美味《おい》しく仕上がっている。

そこへ暖炉《だんろ》の火で軽く炙《あぶ》ったパンを浸《ひた》すと、香ばしいパンとシチューが絶妙に合わさり、いくらでも食べてしまいそうだ。

「たしかにうまいが、生活レベルを考えると中級クラスの魔石を購入するのは厳しかっただろう」

「なに言ってるんですか！　私は日常生活が少しでも楽になるのなら、無理をしてでも買いますよ。ここの生活は大変なんです！」

「リアム様。家が火事になるより、火の魔石を買ったほうが安いと思います」

「……そうだな」

リアムは私が家じゅうに煙を充満させた事件を思い出したらしく、苦い顔をしながら下級精霊のクラゲ精霊ちゃんを再召喚した。

しばらくこの世界で生活したことで、私はこれまで自分が、なんて便利な世界で生きていたのかと実感した。

火を起こしたり、水を汲《く》んだりしなくていいというだけで、貴族のような生活だったのだ。

「魔石がなくても楽に暮らせるって素晴らしい……あれ？　魔石がなくても楽？」

前世での暮らしは魔石がなくても不便だと思わなかった。

それは便利な道具がたくさんあったからである。

お湯はすぐ沸《わ》いたし、自動で調理する鍋もあった――

「鍋……もしかして、鍋が便利になれば、燃料の節約になる……？　お風呂用のお湯も早く沸《わ》きますし、コンロを独占する時間も減りますよね。つまり鍋！　鍋を変えればいいのでは……？」

ビーフシチューが入った鍋をジッと見つめた。

「これです！」

椅子から立ち上がって叫んだ。

「私、鍋を売ります！」

毎月金貨百枚の支払いのための新商品。

それは、鍋！

リアムとフランは、『とりあえず、座ってシチューを食えよ』という顔で見つめていた。

第四章

私の店で売る魔道具が決まった。

高品質な魔道具を作るには、基《もと》となる道具を手に入れなくてはいけない。その道具は、名匠《マイスター》がいる工房に依頼する。

魔道具師たちは名匠のみに製作を依頼し、弟子には作らせない。

もちろん、そうなるとすべて高級品になる。金に糸目をつけず、競って高い品質のものを求め、アクセサリーであれば細工師を店で雇う。

名匠は職人たちの憧れである。

けれど、誰もが名匠になれるわけではない。職人は長い努力の末、技を極め、ようやく工房を持つことができる。そして、その中でも抜きん出た才能と技がある者のみが名匠を名乗ることが許されるのだ。

そのため、名匠と呼ばれる職人のプライドはチョモランマより高い。

「はぁ……。チョモランマ……」

「チョモ？　それ、なにかの呪文？」

「ううん。ちょっと呟いてみただけだから、フランは気にしないで……」

店のカウンターテーブルに手帳を置き、ずっと悩んでいる私をフランが心配そうに見ている。フランは開店準備中で、店内の隅々までチェックをして、商品に破損や汚《よご》れがないか確認していた。

「サーラ、店を開けるよ？」

「はい……。お願いします」

ズーンと落ち込むこと、数日間。

商品が決まり、後は工房を決めるだけなのに、なぜ落ち込んでいるのかと言えば……

「全敗かぁ……」

鍋を作るための魔石の配合はばっちり決まったのに、肝心の鍋を作ってくれる工房が見つからないのだ。

王都にある鍛冶師たちの工房を回り、今のところ全敗中——というか、話さえ聞いてもらえない。

『ここは歴史ある工房だ。国王陛下の剣や鎧《よろい》を依頼されたこともある。そんな由緒正しい工房に鍋を作れとはよく言えたものだな』

『十八歳？　魔道具師？　悪いが、うちはファルクさんの店と取引していてね。揉《も》め事はごめんだよ』

『ああ、あんたが噂の捨てられた妃……いやいや、実家に帰ったほうがいい。それが無理なら新しい嫁ぎ先を捜すか、王宮に戻って王子様に面倒を見てもらいいな』

キャンディをもらって工房から追い出され、帰される始末。私は完全に子供扱いで、王宮へ帰れと何度も言われた。

それが私の幸せだとも——でも、私だって覚悟を決めて王宮を出てきたのだ。

簡単に引き下がってなるものかと、スッポンのように食らいついた。

『そう言わず、話だけでも！』

諦め切れなくて、必死になって鍛冶師たちにまとわりつき、毎日工房へ通った。

けれど、一人として話を聞いてくれなかった。

仕事の邪魔になる、これ以上来るなら宮廷魔術師を呼ぶとまで言われてしまったのだ。

王都の新聞に『元妃！　鍋を作るため、宮廷魔術師に捕まる！』なんて書かれたら鍋を作るどころか、王宮に連行されて終わりである。

ここまで前向きに頑張ってきたけれど、話さえ聞いてくれない現実を目の当たりにし、さすがの私も意気消沈というわけである。大きな壁にぶち当たり、店に戻って作戦を練っているフリをしているけど、実際は激しく落ち込んで撃沈中。

――でも、なにが悪いか原因はわかってる。

職人のプライドうんぬんはもちろんのこと、私の年齢や容姿、噂が邪魔をしている。

向こうは最初から子供が来たとしか思ってないし、お金持ちの令嬢が遊びでやっていると勘違いしているのだ。

王宮へ帰ればいい暮らしができるのに、本気で魔道具師として自立しようとしているなんて誰も信じてくれない。

問題は山積みである。

「でも、ここで諦めたら鍛冶師の工房だけじゃなくて、細工師の工房だって仕事を引き受けてくれない……」

そうなったらこの先、すべての商品を自分の手作りのみで賄《まかな》わなくてはならなくなる。

それこそ、子供騙《だま》しのアクセサリー程度しか作れないだろう。そうして手持ち花火くらいの稼ぎが手に入っても、魔道具店の先行きは暗い。

「ううっ……。せっかく新しい製法で商品を作れると思ったのに……」

私が考えているのは、魔石を金属の中に溶かすという方法である。

一般的に、魔道具は出来上がっている道具に魔石を取りつけるものだ。

もちろん、私も安い鍋を仕入れて魔石を取りつける方法は考えた。けれど、その方法だと魔石の使用量が増え、鍋の質は悪いのに値段だけが高い鍋になってしまう。

壊れやすくて高い鍋なんて、誰が買うだろうか。

その点、魔石の粉末を金属に溶かして鍋にすれば、魔石の効果を全体に行き渡らせることができる。魔石の量も少量で済むのだ。

鍋は名匠がいる工房で作ってもらえたら、質のいいものに仕上がること間違いなし。

「値段を抑えて質がよく、なおかつ便利な鍋なら、誰でも買いたくなると思うんですよね」

ため息をつきながら手帳のページをめくって、鍛冶工房の住所を眺《なが》めた。

断られたところには線を引いてあるけれど、大量生産が可能な規模の工房は残りわずかだ。

「困りましたね……」

鍋は『ご家庭にお一つ、便利なお鍋』を目指し、大量生産するつもりでいた。

そうなると、弟子を多く抱える工房でなければ、生産が間に合わない。

「このままでも毎月金貨百枚、払えないことはないと思うけど……」

リサイクルショップの利益だけでは、安定して続けていくのは難しい。

【修復】の仕事は高額な料金をもらっているわけじゃないし、職人工房との付き合いがない魔道具店に未来はない。

やはり、自分なりに考えた魔道具を作るしかないのだ。

「あのさ、サーラ。土地の使用料だけど、この場所なら、どう考えても金貨十枚がいいとこだよ」

店を開けて戻ってきたフランが店内に商品を並べながら、私に言った。

土地使用料を金貨三百枚から、百枚にまで値引きしてもらえたけど、それでも周りの店に比べたらゼロ一つ多い。

この通りに店を構える古着屋さんに聞いたら、土地使用料は金貨十枚だと言っていた。

魔道具師だからという理由だけで金貨百枚というのは、ぼったくりにもほどがある。

ルーカス様は私の口から『無理でした。ごめんなさい』と言わせたいのだろう。

「鍋じゃなくて、他のものを考えるとか」

「鍋は鍋でも普通の鍋じゃないんですよ」

「ふうん？」

「数字は秘密ですが、火の魔石と風の魔石を調合し、金属に溶かすことで調理時間を短縮できる鍋です」

フランは首をかしげた。

「お湯が早く沸《わ》くだけじゃなく、煮込み時間を短縮できて、炒め物だって早く仕上がります」

「そんな便利な鍋が？　それってもう魔法だよ！」

「魔道具ですからね。この鍋だと使用する燃料が少なくて済みます。だから、家計にも環境にも優しい鍋なんですよ」

お風呂のお湯がなかなか沸《わ》かず、もどかしかった日々もこれで終わり。ボタン一つでお湯が沸く生活を送っていた私にとって、大量のお湯を地道に沸《わ》かすのは辛すぎた。

薪《まき》や石炭、火の魔石だって節約できる。

「すごい鍋じゃん！　サーラは魔道具師だったんだね！」

フランは感心しているけど、私は最初から魔道具師である。

最近は魔道具店というより修復屋として認識されているくらいだけど、あくまで本業は魔道具師なのである。

「そんな便利な鍋なら、早く作ろうよ！」

「だから、工房が見つからないんですよ」

「あ……。そっか」

私とフランは並んでため息をついた。

頬杖をつき、作戦を練るための紙に、へのへのもへじを書いていると、店のドアが開いた。

「こんにちは、サーラさん」

「ヒュランデル夫人。いらっしゃいませ」

裕福な商人の若奥様であるヒュランデル夫人は、店の常連客の一人である。

先日、旦那様との大事な思い出のカップを【修復】した縁で親しくなったのだ。

彼女の夫が営むヒュランデル商会の本店は、海を挟んだ向こう側の隣国にある。けれど仕事の都合上、ご夫婦はヴィフレア王国の支店にいることが多いそうだ。

彼女は商品を買うというより、【修復】の依頼にやってくることのほうが多い。

それは取引先からお願いされたものだったり、友人から相談された場合だったりと、ヒュランデル夫人の人脈の広さがうかがえる。

「ヒュランデル夫人。今日はなにをお持ちになられたんですか？」

「いいえ、今日は依頼ではないの」

夫人は白いレースの日傘を閉じ、使用人に渡す。

「サーラさん。鍛冶工房を探しているのですってね。夫が取引相手と話していたのを聞いたのよ」

「は、はい……」

商人たちの間でも、私の工房巡りが噂になっているようだ。

上品なヒュランデル夫人と、あちこちを駆けずりまわる自分を比べてしまい、なんとなく落ち込んだ。

――スッポンみたいにしつこい公爵令嬢だって言われてるに決まってる。

「サーラさん。どうかなさって？」

「いえ……」

ヒュランデル夫人は見るからに気品に満ちている。今日も花のような薄桃色のドレスを身にまとい、金色の髪を同じ色のリボンで結び、アクセサリーは真珠で統一されている。

結婚しているとは思えない可憐な奥様だ。

「夫から聞いたのだけど、昔からの鍛冶工房は表通りの魔道具店と取引があるところばかりらしいの。だから、よほど腕のいい魔道具師でなければ、新規で契約はしないそうよ」

「はい。それは訪ねた先の鍛冶師からも説明されました」

有名魔道具師に弟子入りし、独立する時に師匠から職人を紹介してもらうか、弟子の時から馴染みの工房や職人と契約するのが普通らしい。

名もなき魔道具師。それも第一王子から離縁され、平凡な能力だと噂されている私が突撃しても玉砕するのは当たり前だ。

「それでも、私は引き受けてくれるところを探します」

まだ、すべての工房を回ったわけではない。

大きな工房には断られたけど、中規模の工房はまだある。

ただ、中規模な工房の名匠たちはこだわりが強く、魔道具師との契約自体を引き受けないところもあった。

「そう、わかったわ。サーラさん、私で力になれるかどうかわからないけれど、実は夫に紹介状を書いてもらったの」

「紹介状を？」

「ヒュランデル商会の名前があれば、話くらいは聞いてもらえるでしょう」

そう言って、白いビーズで飾られたクラッチバッグから彼女が取り出したのは、ヒュランデル商会のサイン入り紹介状だった。それをカウンターに置き、ヒュランデル夫人は花のように微笑んだ。

「私、サーラさんが公爵家の出だと知らなかったのよ。誰に対しても控えめな態度のサーラさんが貴族だと知って、とても驚いたわ」

「えっ……えーと。それなら、私の噂はご存知ですよね？」

貴族令嬢が働くなんて、はしたないと批判されているのを知っていた。

実家の公爵家から勘当され、ルーカス様にはさんざん蔑《さげす》まれた。そして魔道具師たちには、身のほど知らずの落ちこぼれが魔道具店を開いた、いずれ駄目になるだろうと、陰で笑われている。

私の評判は最悪だ。ヒュランデル商会の名前に傷をつけてしまうかもしれない。

迷っている私を見て、ヒュランデル夫人は私の手を握った。

「なにか事情がおありなのでしょう？　実は、サーラさんのことを夫に話したの。夫は話を聞いた上で、ヒュランデルの名を使ってもいいと言ってくれたのよ。だから、なにかあっても責任はこちらにあります」

なにも言ってないのに、ヒュランデル夫人は私を信じてくれた。

やりとりを眺《なが》めていたフランが、私に言った。

「サーラ。店番はおれだけでも大丈夫だから、早く行ってきなよ」

鍛冶師たちから冷たくあしらわれて落ち込んでいたけど、二人の応援でふたたび力が湧《わ》いてきた。

「うまくいくよう願っているわ。サーラさん、頑張ってね」

「はいっ！　ありがとうございます！」

私は紹介状を握りしめ、店を飛び出した。

この生活を守るためには、私が頑張るしかないのだ。

そして、サーラを氷の中に閉じ込めた犯人を見つけ出す！

「まだ犯人の尻尾さえ、つかんでないんだから！」

向こうは氷の中から、私が目覚めたことを知っているはず。

だから、犯人は必ず私の前に現れるか——もしくは、もう現れているか。

犯人はふたたび私に近づくはずだ。

その時、また命を狙われないとも限らない。

——少なくとも、魔道具師として有名になったら向こうから近づいてくる。

落ちこぼれとか、捨てられた妃と言われているうちは敵も油断しているだろうから、すぐに動くこともないんじゃないかと思う。

私は今のうちに、この世界の知識を身につけ、魔道具師としての地位を固めなくてはならない。

これは、私の魔道具師としての第一歩である。

紹介状を手にして、石造りの工房前に仁王立ちする。

鍛冶工房『ニルソン一家』と書かれた看板と紹介状を見比べ、ここで間違いないことを確認した。

それほど大きくはない中規模な工房だ。

けれど、工房主ニルソンさんは名匠。気難しい性格をしていて、魔道具師の依頼をあまり引き受けないことで有名だった。

だから候補から外していたけれど、ヒュランデルさんの考えは違ったようだ。

あまり引き受けていないからこそ、新しく引き受ける余裕があるし、ライバルの魔道具師から嫌がらせを受けにくい、という考えなのだろう。

「すみません。魔道具師のサーラ・アールグレーンです。ヒュランデルさんからの紹介でうかがいました。ニルソンさんはいらっしゃいますか？」

工房のドアを開けるなり、ぶわっと熱気が顔にかかった。

大きな炉の中に、魔石の炎が赤々と燃えている。とても熱そうだ。

「親方！　ヒュランデルの旦那が言ってた魔道具師が来ましたぜ！」

作業場の奥から顔を覗かせたのは、筋肉隆々の体にフィットしたシャツを着た白ひげのおじさんだった。

――っ、強そう！

思わず、後ろに後ずさった。

この筋肉という鎧《よろい》があれば、護符なんかなくても魔法を跳ね返せる気がする。

「ほう。あんたが命知らずな魔道具師か」

もしかして私、命の危険に晒《さら》されてる？

一人で来たことを後悔しながら、紹介状を突き出して叫んだ。

「お願いします。ニルソンさん！　私と一緒に鍋を作ってください！」

「鍋だと？」

「お湯を早く沸《わ》かしたり、煮込み料理が早くできる鍋です！」

ニルソンさんは渋い顔をして白い髭《ひげ》をなでた。

これはよくない傾向だ。今まで何度もこんな顔を見てきた。

『世間知らずの公爵令嬢と商売をやる気はない。有名な魔道具師ならともかく、落ちこぼれだって話じゃないか』

『うちはファルクさんのとこに商品を卸《おろ》しているんだ。悪いが他をあたってくれ』

――そんなふうに言われて、門前払いされた。

名匠たちにしたら、ファルクさんのような立派な魔道具師と仕事をしたほうが、安定した利益を見込める。

だから、なおさら新規で引き受けてもらうのは難しいのだ。

「鍋か。てっきり防具や剣だと思っていたが」

「鍋です」

そこは間違いがないように、しっかりアピールした。

「鍋を作れと依頼してきた魔道具師は初めてだ」

「す、すみません。鍛冶師としてのプライドがあるのはわかってるんです。でも、どうしても作りたくて……」

「俺は魔道具師が好きじゃない。あいつらは俺たち職人が苦労して作ったものを安く買い取り、それを高く売る」

「たしかに、その通りです。職人が作った剣や鎧《よろい》、眼鏡を基《もと》にした魔道具をいくつか見ましたが、完成した道具に魔石の効果を付与しただけの商品も少なくありませんでした」

ひどいものだと、魔石を一つ雑に取りつけただけの剣を魔道具として売る店もあった。

もちろん、魔石はランクの高いものを使っているから値段は高くて当然だけど、基《もと》になった剣の値段に比べたら、ゼロがいくつも違うはずだ。

「俺たちは武器や道具を製作し、その代金分だけを受け取る。だが、魔道具師たちは俺たちが手間暇かけて作ったものに、ただ魔石を取りつけるだけだ。そんなものを目玉が飛び出るような高値で販売している」

やっぱり、ニルソンさんもそこに不満を抱いていた。

王都で一番と言われる魔道具店であるファルクさんの店でさえ、そんな商品は少なくなかった。

魔道具の出来は、質のいい道具があってこそなのに……でも、買う側にそれはわからない。

「俺たちに対してもそうだが、客に対しても誠実とは言えん」

ニルソンさんは鍛冶師であることに誇《ほこ》りがあるから、そんな魔道具師たちとは距離を置き、仕事を引き受けなかったのだ。

高額な魔道具を作るのに必要不可欠でありながら、技術を安く買い叩かれることを不満に思う職人がいるのもわかる。

「ニルソンさん。他の魔道具師のやり方はそうかもしれませんが、私は違います」

「ほう」

「金属に魔石の粉末を混ぜ、金属そのものに魔石の効果を与えるんです。私が考えた魔石の配合の数字を、ニルソンさんにお教えします」

「いいのかね。それは、あんたの技術を売ることになる」

ニルソンさんは怪訝《けげん》そうに私を見た。

私は、自分の考案したアイデアを独占するつもりはない。

鍋は大量生産するつもりだからだ。だから色々な工房で同じ鍋を作ってもらう予定でいた。

実際に私の話を聞いてくれたのはニルソンさん一人だけど。

「魔道具師の力によって得られる恩恵《おんけい》は、王族や貴族が独占するのではなく、人々に広められるべきだと、私は思っています」

この世界は不便だ。

魔力を持たず、魔道具も買えない人々の生活は、なにをするにしても時間がかかりすぎる。

火を起こし、お湯を沸《わ》かすだけでも大変な仕事だ。料理となったら火の番をしていなくてはならない。その上、火力が強すぎると鍋に穴が空く。

まずは、そこから変えようと思った。

「王族や貴族たちがそれを許すかね」

「リアムは賛成してくれました」

「リアム様が……」

「そうです」

リアムの名前は誰もが知っているらしく、ニルソンさんだけでなく工房の弟子たちまで手を止め、驚いた顔をしていた。

「魔道具師の力を活用できれば、生活はもっと便利になるはずです」

王宮では水もお湯も運ぶ必要がなく、お湯が浴槽から溢れているのも当たり前で、噴水《ふんすい》の水でさえ飲み水になるほどだった。

それらは宮廷魔道具師の知識によって作られた難しい装置と魔石で制御されている。

宮廷魔術師と同じく、宮廷魔道具師も数年に一人しか採用されないエリート中のエリートだ。彼らが作った魔道具は王宮の管理下にあって、持ち出しには王家の許可が必要になる。

ニルソンさんは私の話を聞くと腕を組み、考え込んだ。

「なるほど。王族や貴族だけの魔道具が、我々にも使えるようになるということか」

「はい。裏通りの家々で使われる魔道具はランプくらいです。少し裕福な家だとかまどに火の魔石をとりつけることもありますが、魔石自体が高価すぎて、多くの人たちは手が出ません」

ランプに入れる魔石も高く、収入の一カ月分を使って購入するという家庭も少なくない。

それも一年ほど使用したら魔石は効力を失い、ただの石に戻ってしまう。

石は長い年月をかけて魔力を蓄《たくわ》え、ふたたび魔術師か魔道具師が【研磨】すると魔石に戻る――その繰り返しだ。

「ニルソンさん。私が作りたい鍋はランプやレンジとは違います。金属に混ぜた魔石は、蓄《たくわ》えた魔力を放出することなく、金属自体に魔石が持つ効果を付与するんです。鍋が壊れない限り、半永久的に使用できるものです」

「ふむ。あんたは他の魔道具師とは少し違うようだ」

私の考えを聞いて、ニルソンさんの態度が和《やわ》らいだ。

「俺たち職人は、魔力はないがスキルはある。努力という力を神様から与えられ、職人になった」

「その技を、安売りはできないということですよね」

「そうだ」

名匠であるニルソンさんでさえ、安く買い叩かれてしまう。

ニルソンさんだけでなく、不満に思っている職人はきっと大勢いる。

相手が貴族だから、それを声に出して言えないだけなのだ。

「報酬《ほうしゅう》についても考えてあります。私が望むのは対等な契約関係です。売り上げから、お互いの取り分を決めるというのはどうですか？」

「売り上げから取り分を？」

私の提案に、ニルソンさんは驚いていた。

他の魔道具師であれば、魔道具として売りに出したものは、どれだけ儲《もう》けても、すべて自分たちの取り分にしてしまう。

けれど私が提案した契約は、魔道具の売り上げを分けあおうというものだった。

当然、ニルソンさんは戸惑った。

「ふむ。悪い話ではない。悪い話ではないが、鍛冶工房『ニルソン一家』が鍋か……」

渋っているのを見て、私は切り札を出すことにした。

「ニルソンさん。奥様を愛していますか？」

「あ、あ、愛？」

「奥様から感謝されたくないですか？」

「ぐっ……！」

私はニルソン家の内情を知っている。

なぜなら、以前、ニルソンさんの奥様が友人と共に来店したことがあるからだ。その時、職人たちのお昼の賄《まかな》いや、事務作業を終えて帰ってからの食事の準備が億劫《おっくう》だと言っていたのを耳にした。

『久しぶりにお買い物ができて、息抜きになったわ』

『私たちの買い物といったら、日用品やら食材ばかりだものね』

そんな声が多いのは事実。

この悩みはニルソンさんの奥様だけでなく、王都に工房を構える職人の奥様たちに共通するものである。

それに加え、ニルソンさんは工房の仕事に没頭するあまり、家庭をかえりみず、奥様は一人で子育てをしてきたという。

工房の仕事ばかりで旅行一つ連れていってくれない夫に不満を持っているとか。

それなのに休みの前日には『ニルソン一家』の職人たちと酒盛りに興じているものだから、奥様のイライラは頂点に達している。だからケンカばかりだと奥様は嘆《なげ》いていた。

お客様の私的な情報であるためニルソンさんには伝えないけど、奥様にとって、私の店で買い物をする時間が息抜きとなっているようだ。

お茶を一杯、外で飲む時間があるだけでも気分転換になる。

そんな奥様にとって、毎日の料理に費やす時間が減るとしたらどうだろう。

それも、普段家庭をかえりみない旦那が丹精込めた仕事によるものだとしたら？

鍋一つで家庭の平和が守られるかもしれない。

「調理時間を短縮する便利な鍋があれば、奥様の手間が減ります。家事にかける時間が多ければ多いほど、負担になるものです。それも食事は三回！　一日三回分の時間を短縮できたら、大きな変化になると思いませんか？」

「な、なるほど」

ニルソンさんはよほど奥様のご機嫌が気になるのか、食いついてきた。さっきと大違いだ。

「鍋を作ったら、奥様はきっとニルソンさんのすごさがわかるはずです。剣や鎧《よろい》で奥様の心は温まるでしょうか？　鍋で食材も心も温めましょうよ！」

「む、むぅ……！」

ニルソンさんの心が見るからに大きく揺らいでいる。

「しっ、しかしだな。俺はよくても他の奴らはわからんぞ！」

ちらりと工房内を見渡す。

他の職人さんたちも、ニルソンさんに負けず劣らずの筋肉ぶりである。

鍋を作るようなアットホームな雰囲気はないけれど、彼らの協力は必須。

職人さんたちの心をつかむにはどうしたらいいか……

ふと、折れたハンマーが転がっているのが目についた。

「壊れた道具がありますね。私の魔道具師としての力をお見せしましょう」

私はウエストバッグから、携帯用の道具と魔石の粉末を取り出した。

「なにをする気だ」

ハンマーに魔石の粉末を溶いた液体を塗《ぬ》ると、スキル【修復】が発動する。

スキルレベルが上がったおかげで、【修復】スピードも速くなった。

折れたハンマーの柄が一瞬でくっつき、魔石の効果によって補強された。

これである程度の衝撃なら耐えられるはずだ。たぶん、あの筋肉にも。

「うお！　壊れた道具が元に戻ったぞ」

「すげえ。新品みたいだ」

「なあ、これも頼めるか？　俺が愛用してるハンマーなんだ。手に馴染んでいて、捨てたくなかったんだよ」

工房の職人たちが次から次へ道具を持ってくる。

「こ、こら！　お前ら、迷惑になるだろうが！」

慌てるニルソンさんに、私はスッと契約書を見せて言った。

「ニルソンさん。もし、私と契約してくれたなら、定期的に道具のメンテナンスを請け負いましょう。タダで！」

「タダで？」

職人にとって、道具は命。使い込んで、手に馴染んだ道具でなければ駄目だという職人もいる。

「それは駄目だ。あんたも職人なら、技術の安売りだけはするな」

ニルソンさんは厳《いか》めしい顔をして、私を叱った。

「これから俺たちと仕事をするなら覚えておいてくれ。我々、職人は魔道具師の下で働いているわけじゃない。あんたも同じだ。俺たちは、あくまで対等に取引をする関係なんだ」

「対等って、それじゃあ……っ！」

「そういうことだ。だから、こちらも相応の代金を支払う。わかったな！」

ニルソンさんは目を逸《そ》らし、わざとらしい咳ばらいをして話を強制的に終わらせた。

契約が、成立したのだ。

わぁっと拍手が起きる。

『ニルソン一家』の職人たちは成り行きをうかがっていたらしく、話が決まると一斉に近寄ってきた。

「いやぁ、よかった。あんたのとこ、最近うちの奥さんが気に入ってる店だからさ」

「そうそう。安くていいものが手に入る店ができたって大喜びでな」

「実は俺、結婚して引っ越したばかりで、奮発してパン焼き釜付きのかまどを買ったんだよ」

どうやら、私の店を知っているようだった。

職人さんが話している古いかまどはフランが見つけてきたもので、構造がわからず、【修復】にかなり時間がかかった商品だ。

「掘り出し物でしたね。なかなか買えませんよ」

「へへへ。毎朝、焼き立てパンを食べてるよ。ありがとうな！」

職人は満足そうで、頑張って【修復】してよかったと思えた。

「あんたの仕事ぶりはすごい。この裏通りにあんたの店ができてから活気づいたよ」

「よくあれだけのゴミを新品にまで【修復】したもんだと、職人仲間同士で感心していたところだ。魔道具師も職人だったんだなってね」

ニルソンさんも私のことを少しは知っていたようで、弟子たちの会話をうなずきながら聞いていた。

私はスッと手を差し出し、ニルソンさんと握手した。

「ニルソンさん。これから、よろしくお願いします」

「うむ。あんたは相当の商売人だ。いずれ、この王都でトップに立つ魔道具師になるだろう」

「それはさすがに買いかぶりすぎです」

「わからんぞ」

契約書の書面にニルソンさんのサインをもらい、今後の話をした。

開発及び試作品の協力、素材の確保、仕入れ先の仲介などだ。

契約は対等なものだと言ったけど、私が手に入れたものは大きかった。素材の仕入れ先があれば、次の商品を開発できる。

「では、三日後、風の魔石と火の魔石を届けますね」

「三日？　早くないか？」

「実はもうほとんど準備してあるんです」

すぐに取りかかれるように、石の仕入れと【研磨】を前もって終わらせておいた。後は鍋の製作を引き受けてくれる工房を見つけるだけだったのだ。

「大したもんだ。いいか、納期は絶対だ。信頼に関わるからな」

「安心してください。魔石の【研磨】はほとんど済んでいますから」

私は意気揚々《いきようよう》と告げた。

土地使用料は金貨百枚。無事に鍋を完成させて売ることができれば、私は王宮へ戻らなくて済む。

ルーカス様の思い通りにはさせない――絶対に。

◆◇◆◇◆◇

「ソニヤ。君には失望したよ」

氷のように冷たい眼差しが突き刺さり、ひんやりとした空気が流れた。

ルーカス様が激怒しているのは間違いない。

ここ最近、わたくしとずっと会ってくれなかった。

それで、わたくしからルーカス様の王子宮へ出向いたのだ。そして開口一番、言われたのが『失望したよ』である。

普段のルーカス様は穏やかな笑みを浮かべているけれど、今日に限ってそれがなかった。

「ルーカス様。どうかなさいまして？　なぜ、わたくしを避けますの？」

尋ねても返事はない。

サーラの店へ様子を見に行ってから、ルーカス様がとても不機嫌だという話は、侍女たちから聞いていた。

――もしかしてサーラの店がうまくいっているとか？

会話するのも下手くそで、いつもおどおどしていたサーラが接客する姿は想像できない。

でも、サーラが王宮を去って、一カ月以上経った今も王宮に戻る気配はない。

わたくしの予定では三日程度で音《ね》を上げ、泣きながら帰ってきたサーラを侍女にして、王宮でこき使うつもりだったのに。

ルーカス様は一度も振り返らず、侍従たちと共に去っていく。

――このままでは、ルーカス様の心がわたくしから離れてしまう！

「わたくしの部屋にルーカス様の護衛騎士を呼んでちょうだい。ルーカス様になにがあったのか、話を聞くわ」

「かしこまりました」

侍女はルーカス様の護衛騎士を呼び、わたくしの部屋へ通した。

騎士たちは恭《うやうや》しく顔を伏せて言葉を待つ。

「サーラの店に行ったわね？　あの日、ルーカス様になにがあったの？」

護衛騎士たちは気まずそうな表情を浮かべ、顔を見あわせた。

「気づいたことがあるでしょう？　正直におっしゃい」

「その……。ルーカス様はサーラ元妃にフラれ……いえ、王宮に戻るのを拒まれたのではないかと。我々は部屋の外で待機していましたので、詳しくはわかりません」

「ただサーラ元妃とお話しになり、戻られたルーカス様の手には手袋がありませんでした」

「そう……」

もしかして、サーラの顔面に手袋を叩きつけたとか？

決闘を申し込んだわけはないだろうけれど、それくらいしか思いつかなかった。

「質問を変えるわ。サーラの生活ぶりはどうだったのかしら？」

騎士たちの目がキラキラ輝きだした。

――な、なんなの？

憐《あわ》れみの目ならわかるけど、その反応はおかしい。

「たくましい商人魂《しょうにんだましい》を感じました！」

「サーラ元妃はすばらしい商売センスを隠しておられましたね」

話だけではよくわからないけど、サーラの魔道具店がうまくいっていることだけは理解できた。

でも、サーラの資金はゼロ。持ち出しを許可したのは身の回りのものだけだったはずだ。

――いったい、どういうこと？

わたくしも、なにもせずにいたわけではない。フランだけでは心もとないと思い、侍女をやって店を探らせていた。

その報告によれば、サーラはゴミを集めて売っているということだった。ゴミを売って暮らしていると知って声を上げて笑ったのは、つい最近のこと。

サーラが泣いて戻ってくるのは時間の問題と思って安心していた。

「わたくしのやり方が甘かったということね」

「ソニヤ妃？」

騎士たちがまだそこにいたのも忘れ、つい本音が漏れてしまった。

「なんでもないわ。下がってちょうだい！」

「は、はぁ……」

「失礼します」

わたくしが感情的になったせいか、騎士たちは戸惑いながら一礼した。

部屋の扉を閉めた後、騎士たちは廊下でサーラのことを話題にしていた。その話し声が聞こえてくる。

「サーラ元妃が明るくなってよかった。まだ見習い騎士だった頃、サーラ元妃がお疲れさまって声をかけてくれたのを今でも覚えてるよ。あの時は、声が小さくて弱々しかったなぁ」

「ああ、俺も覚えてる。騎士見習いをねぎらってくれたのはあの方だけだった」

――なんなのよ！　十年よ？　もう十年経ったの！

サーラは十年後の今も、わたくしを苦しめる。

ルーカス様に『失望したよ』と言われるくらいなら、いっそなにもない荒れ地に放り出し、もっと追い詰めるべきだった！

わたくしは両親にさえ、そんなことを言われたことはない。

——いいえ、一度だけある。

ルーカス様の妃に選ばれなかった時、両親はわたくしに失望したと言ったのだ。

思い出すだけで腹が立つ。

「アールグレーン家のできそこないのくせに、わたくしに何度も恥をかかせるなんて許せないわ！」

悔しさのあまり、部屋じゅうを風魔法で切り裂いた。

魔法を使えるのは貴族の中でも一部だけ。けれど王族や四大公爵家の直系なら、使えるのは当然である。

「ソニヤ様。すごい音がしましたけど……ひっ！」

「きゃあっ！」

カーテンが切り刻まれ、窓ガラスには爪で引っかいたような細い線が残る。陶器の花瓶《かびん》が切断され、水が絨毯《じゅうたん》を濡《ぬ》らし、壁紙が剥《は》がれ落ちている。

惨状を目にした侍女たちは悲鳴を上げて逃げ出し、部屋には誰もいなくなった。

「サーラのせいで、わたくしの輝かしい人生が台なしよ」

人生で二度目の『失望した』という言葉は、屈辱《くつじょく》以外のなにものでもない。

一度目は両親、二度目はルーカス様。すべてサーラが原因である。

「サーラだけじゃないわ。ルーカス様も悪いのよ。十年前、わたくしを妃に選ばなかったから！」

妃になるのはノルデン公爵令嬢のソニヤしかいない、とまで言われていたあの頃。わたくしも妃に選ばれて当然だと思っていた。

それなのに、ルーカス様はなにを血迷ったのか、地味で魔力を持たないサーラを妃に選んだ。

『サーラを妻にすることに決めたよ』

ルーカス様から突然告げられた、サーラとの結婚話。

魔力がなく、魔術師になれなかった公爵家のできそこない。なにをやっても不器用で、魔道具師としても成績は普通か、それより下の落ちこぼれ。

公爵令嬢でありながら、彼女はみんなから馬鹿にされていた。

けれどルーカス様との結婚で、サーラは一瞬にしてわたくしと立場をひっくり返したのだ。

わたくしのそばからは、一斉に人が消えていった。あの辛い日々を思い出し、唇を噛みしめる。

「永遠に氷の中に閉じ込められていれば、よかったのよ！」

感情に任せて氷魔法を放つと、床に落ちていた花が一瞬で氷漬けになった。

氷に自分の姿が映る。

美しい銀髪、アメジストのような瞳——十年経っても色褪《いろあ》せない美貌。

「ふ、ふふっ……ふふ！　そうよ、十年経とうが、わたくしのほうが美しいわ。サーラなんて、わたくしの敵ではなくてよ！」

だいたい、ゴミを商品として売っているなら、サーラの稼ぎはたかが知れている。

【修復】スキルなど、魔道具師の間では役立たずスキルと呼ばれるものだ。

——しょせん、三流の魔道具師が考えることね。

「公爵令嬢がゴミを拾って売るなんて、プライドがないとしか思えないわ。でも、ゴミ？　サーラがゴミを拾って売るなんて、考えたりするかしら？」

胸の前で腕を組み、首をかしげた。

「もしかしたら、わたくしが送り込んだ獣人の子供が、ゴミを拾って売れとアドバイスしたのかもしれないわ」

それなら納得がいく。

いくらできそこないでも公爵令嬢。サーラがそんなことを思いつくはずがない。

アールグレーン公爵家は貴族の最高位である四大公爵家。四大公爵家は王都を中心とする東西南北の四地方に、それぞれ広大な領地を持つ有力貴族で、王族に次ぐ権力を持っている。

わたくしの実家であるノルデン公爵家も四大公爵家の一つに数えられ、アールグレーン家と並ぶ身分である。

公爵令嬢として裕福な暮らしをしていたサーラがゴミを拾って利用するなんて、どう考えてもおかしい。

「獣人の子供の名前は、たしかフランとか言ったわね。報酬《ほうしゅう》を支払っているのに、なにをしているのかしら」

わたくしの侍女も偵察にやっているけど、サーラの一日の作業内容を報告するだけで、嫌がらせの一つもできないなんて。

凍った花を床に叩きつけて、粉々になった氷を踏みつけた。

――役立たずばかりで嫌になるわ。

「こうなったら、自分の目で確かめるしかないわね」

顔を隠すため、フード付きのマントを選んで羽織る。

荒れた部屋は役立たずな侍女たちに片づけさせればいい。

部屋の外に出ると、侍女たちが青ざめた顔で立っていた。

「ソニヤ様。どちらへ行かれるのですか？」

「外へでかけるのでしたら、お供いたします」

「結構よ」

ノルデン公爵家から連れてきた忠実な侍女たちは、わたくしの命令に逆らわない。けれど、わたくしの役に立たなかったという罪は深い。

「役立たずは獣人の子供だけではなかったようね。あなたたちは部屋を片づけてちょうだい」

「ソニヤ様、申し訳ありません」

「次こそは必ずお役に立ってみせますから、解雇《かいこ》だけはお許しください」

役立たずの侍女たちを無視し、わたくしは護衛騎士に声をかけた。

わたくしが信頼する護衛騎士は、ノルデン公爵家の血を引く遠縁の幼馴染み。彼はわたくしが王立魔術学院に入学した際に見習い騎士となり、共に領地から王都へやってきた気心が知れた関係だ。

「馬を用意してちょうだい。サーラの店へ行くわ」

「かしこまりました」

乗馬を楽しむという理由を用意して、庭に馬を出させた。

王族だけが知る隠し通路を利用するのだ。

王宮の庭にはいくつか隠し通路があり、その扉や柵《さく》を開けられるのは、魔石に名前を刻まれた者のみ。鉄柵《てつさく》には、わたくしの名前が刻まれた魔石がはめてある。

魔石に手を触れると、前を塞《ふさ》いでいた薔薇《ばら》の蔓《つる》と石の壁が左右に動き、馬で駆けられる道が現れた。

「行くわよ」

「はい」

護衛の騎士を一人連れ、密かに裏通りへ向かう。

「ソニヤ様。サーラ元妃が王宮へ戻らないほうが、ルーカス様の寵愛《ちょうあい》を独占できるのではないですか？」

「どういう意味かしら？ ルーカス様がサーラになびくとでも言いたいの？」

「いいえ。失礼しました。ありえない話でした」

【魔力なし】で落ちこぼれ、できそこないの公爵令嬢に今さらルーカス様の心が動くわけがない。

――サーラが王宮へ戻ったら地味な服装をさせ、わたくしとルーカス様の仲を見せつけてやるわ。

「こんなこともあろうかと、あの獣人の子供に魔道具を渡しておいて正解だったわ」

わたくしの手にあるのは銀細工の鏡が一枚。見た目は普通の鏡と変わらないけれど、これは魔道具の一つ。

フランに命じ、サーラの住む家の周辺に仕掛けさせた罠《わな》だ。

――切り札を使う羽目になるなんてね。

これは数枚の鏡で一つの魔道具となるものだ。

本来は町に竜や魔獣が近づいた時、魔術師が離れた場所から鏡を介して結界を張るのに使う、とても高価な魔道具。

鏡の出来栄えもさることながら、使われている魔石の一つ一つが希少な石を素材にしており、誰もが作れる魔道具ではない。これを作れるのは、魔道具師の頂点に立つ宮廷魔道具師長くらいである。

王家の宝物庫にあったのを、こっそり拝借した。

「到着しました」

裏通りに来るのなんて初めてで、あまりの汚《きたな》さに気分が悪くなりそうだ。

崩れた塀は放置され、洗濯物が狭い庭に干してあって、雑然としている。家々の外壁は剥《は》げていて古く、表通りとはなにもかも違っていた。

「なんて汚《きたな》いの！」

「ソニヤ様が足を運ぶような場所ではございません」

裏通りは貧しい人々の巣窟《そうくつ》だ。ここに、サーラがいる。

「サーラの店も、さぞや汚《きたな》い店なんでしょうね」

住所を確認する……必要はなかった。聞かなくても、そこがサーラの店だとわかる。

裏通りにふさわしくない美しい店があったからだ。

何度かまばたきし、目をこすったけれど、現実は変わらない。

「どういうこと……？」

顔が映るくらいピカピカの窓ガラス、傷一つない壁、腐っていない木枠。新築同然の家が目の前にあった。

——商品だけでなく、家にも【修復】を使ったの？　かなりスキルレベルを上げてるわ。

ここが貧しい人たちばかり住む裏通りだということを忘れそうになる。

家だけじゃなく庭も手入れされ、魔道具師の【修復】スキルで元通りにされた商品が安値で販売されている。

それも、ただ並べてあるのではなく、今すぐ庭でお茶会を開けそうな商品の陳列だ。

花柄のティーセット、レースのテーブルクロス、リボンを結んだドライフラワーなどの乙女心をくすぐる商品の数々は、女性であればうっかり手にとってしまうだろう。

「な、なに、これは……」

足元の鉢植えにまで値札がついている。

――すべて売り物だというの？

フォーク一本、ロウソク一本に至るまでなにもかもが売り物だった。

銅貨一枚すら稼ごうとする姿勢！

公爵令嬢とは思えないくらい貪欲な商人魂《しょうにんだましい》に、体が震えた。

「ソニヤ様。中に入りますか？」

「わたくしだけ入るわ。他の人間が入ってこられないよう魔術で目眩《めくら》ましをなさい。第一王子の妃がこんな場所にいるなんて知られたら、大騒ぎになるでしょ」

「かしこまりました」

サーラに商売の才覚があるとは思えない。

きっとあの獣人の子供、フランが入れ知恵したに決まっている。

店のドアを開けてフランを探す。

ちょうど店にサーラの姿はなく、フランだけがいた。

「ソニヤ様……。どうしてここに……」

わたくしを見るなりフランは動揺《どうよう》し、青くなった。

ボサボサだった茶色の髪は整い、生意気にも白いシャツにタイまでつけている。すっかり身綺麗になった姿を見て、サーラがフランを懐柔《かいじゅう》したのだとわかった。

「この裏切り者。奴隷のくせに、自分の立場を忘れているようね」

邪魔をしろと命じ、報酬《ほうしゅう》まで渡したというのに、あっさり裏切った。やはり獣人など信用すべきではなかったのだ。

「わたくしを裏切るなんて、度胸があること」

ゆっくりと近づき、フランの頬を叩く。

「す、すみません。おれ……」

フランは赤くなった頬に手をあて、体を小さく丸めた。

「サーラはどこ？」

「でかけています。あのっ、ソニヤ様！　サーラは貴族みたいな贅沢《ぜいたく》な暮らしをしているわけじゃないんです。だから、その……」

「わたくしは報酬《ほうしゅう》を渡したはずよ」

フランはハッとした顔をして二階へ走っていくと、すぐに戻ってきた。

手にしていたのは、報酬《ほうしゅう》が入った布袋だった。

「お金は返します。おれ、サーラを見ていたら、自分で働いたお金で自由にならなきゃ意味がないって気づいたんです」

怯《おび》えていた空色の瞳は力強く、殴られたことさえ忘れているようで、その態度は堂々としていた。

「そう。あなたの家族がどうなってもいいのかしら？」

「家族が、見つかったんですか？」

「ええ。ノルデン公爵家の力でね」

もちろん、これは嘘。

そもそも最初から捜してなんかいなかった。

獣人の奴隷なんて山ほどいるのだから、見つけられるわけがない。

「わたくしの命令一つで、あなたの家族くらいどうにでもできるのよ」

「そ、そんな……」

フランはわたくしの嘘を信じ、真っ青な顔で震えていた。さすがに家族を盾《たて》にされたら、逆らえないようだ。

獣人の子供をここへやったのは正解だったかもしれない。

素直で人をすぐに信じ、脅《おど》せる材料はたくさんある。

「フラン。わたくしが渡した鏡はどこ？」

「見つかりにくい場所に一枚ずつ置きました……。あ、あの、ソニヤ様。いったいなにをするんですか？」

「それは言えないわ。さあ、返事を聞かせてちょうだい。あなたの家族の安全と引き換えにね」

小さな体をさらに縮めて、フランはうつむいた。

「おれ、家族と会えますか？」

「それがねぇ、この国にはいなかったの。だから、すぐには会えないわ」

「じゃあ、外国に……？　本当に見つかったんですか？」

頭は悪くないようで、わたくしが本当に居場所を知っているのかどうか、疑っているようだった。

――サーラに知恵をつけられて、小賢《こざか》しくなったわね。

「当たり前でしょ。しっかり捜したわ。フラン、お金は返してもらうわよ。わたくしを裏切り、サーラのところで楽しく暮らしていただけだものね」

お金が入った布袋を奪い取り、中身を確認する。

減っている形跡はない。サーラは本当に、資金ゼロの状態から店をここまで繁盛させたらしい。

「サーラはソニヤ様を敵だなんて思っていません！　だから、ここで静かに暮らさせてあげてください。お願いします！」

――サーラはわたくしを敵だと思っていない？

その言葉がわたくしをどれだけ苛立たせたか、フランは気づいていない。

「フラン。いつまでも、ここで楽しく過ごせると思わないことね。近いうちに奴隷商人をここへ迎えに来させるわ」

奴隷商人のもとへ連れ戻されると気づいたフランは泣きそうな顔をした。

サーラの邪魔をするどころか、手伝いをするなんて、もってのほか。

「鏡を置いたことだけは評価してあげる。サーラとの時間をせいぜい楽しみなさい。迎えが来るまでの短い時間をね」

ついにフランの空色の目から、涙がこぼれた。

どれだけサーラを慕っていたのか知らないけど、わたくしを裏切った罰《ばつ》は受けてもらうわ。

「わたくしのことをサーラに言ったら、家族の命はないものと思いなさい」

フランを脅《おど》すと、わたくしはサーラが戻ってくる前に急いで店を出た。

渡した鏡がこの周辺に置いてあるとわかれば、フランにもう用はない。

一見、なんの変哲もない鏡。それが魔道具だと、裏通りの誰が気づくだろう。魔道具がどういったものなのか、彼らにはわからないのだから。

薄暗くなった裏通りに出ると、護衛騎士がわたくしを待っていた。

「ソニヤ様。ご用はお済みですか」

「ええ」

彼は目眩《めくら》ましの魔術を解除する。ちょうどサーラが店に戻り、中へ入って行くのが見えた。

——町娘のようなドレスなんか着て、よく平気でいられるわね。

公爵令嬢だった頃と違い、サーラの横顔は明るく、楽しげだった。

「ソニヤ様。夜になります。さすがに王宮へお戻りにならないと騒ぎに……」

「わかってるわ」

妃に自由はない。

外出には許可がいるし、里帰りも気楽にできない。わたくしは嫁いでから、一度もノルデン公爵領へ戻っていない。

懐《なつ》かしい故郷の風景が目に浮かぶ。

ノルデン公爵領は寒さの厳しい北の土地にある。冬になれば美しい雪原が広がり、湖には白鳥がやってきて屋敷の窓から眺《なが》めることができる。

わたくしは十年間、王都から自由に出られず、きっとこの先も――

「……馬鹿馬鹿しい。わたくしは妃よ」

わたくしはサーラより幸せで、平民の暮らしが羨《うらや》ましいなんて思わない。

「ソニヤ様？」

「魔術を使うわ。サーラをこのまま裏通りにいさせるなんて、貴族の恥よ」

取り出した鏡に、自分の顔と暗い夜空が映る。

「今日が月のない夜でよかったわ。わたくしの魔術がより素晴らしいものになるでしょう」

わたくしの手にある鏡は、フランに渡した鏡の親となるもの。

この鏡を通して、他の鏡から遠隔で魔術を発動させることができるのだ。

わたくしが魔術を使うと知った護衛騎士は、その場で恭《うやうや》しくひざまずいた。

このレベルの魔術を使えるのは、王族か四大公爵家の直系のみ！

大気が震え、魔力が集まっていく。

わたくし自身の魔力では足りない分を補うため、身につけていた護符の魔石が輝き、砕け散った。

【魔力増幅】のアクセサリーはすべて元の石に戻り、魔力を失う。

「来たれ、【冬の女王《ベイラ》】。わたくしを助けなさい」


【冬の女王】

『それは孤独。吐息は心の奥まで凍てつかせる。永遠に氷の城で幽閉される氷の女王』

冬でもないのに、彼女の出現と同時に空気が冷えて雪が降る。

氷の王冠と氷の杖を持ち、長い銀の髪と青の瞳、銀のドレスを身につけた、わたくしが召喚するにふさわしい美しい精霊。

もちろん、美しいだけでなく力もあり、上級精霊の中でトップクラスの存在である。

――これは見せしめよ。

あえて氷属性の精霊を呼び出したのは、サーラへの警告。

わたくしの立場を脅《おど》かすのであれば、いつでも氷の中に閉じ込めてあげる。

それを教えるために氷の魔術を選んだのだ。

「さあ、【冬の女王】！　火を凍らせなさい！」

わたくしの命令によって、氷の魔術が鏡から一斉に放たれた――

◆◇◆◇◆◇

――私の目は誤魔化《ごまか》せない！

ニルソンさんの工房と契約して戻ってきたら、フランの様子がおかしいことに気づいた。

元気がなく、しょげているように見える。

フランには可愛い茶色のもふもふした耳がある。あの耳がぺちょっと垂れているのだ。

私が可愛がっていたポチも悪さをして叱られた時、耳をぺちょっとさせていた。

しかも頬が赤くなっており、どうしたのか聞くと、ぼんやりして壁に顔をぶつけたという。

「フラン。頬を冷やしましょう」

「い、いいよ！　平気だって。これくらい痛くないよ」

フランは赤い頬を手で隠し、私から距離を置く。

「フラン。体調が悪いとか、悩んでいることがあるなら正直に言ってください」

「なっ、なにもないよ。それより納品は？」

「後は火の魔石を【粉砕】スキルで粉末にするだけですよ」

風の魔石は、すでに粉末にして瓶詰《びんづ》めまで完了している。

火の魔石も【研磨】済みで、木箱二箱に袋詰めして工房の奥に置き、【粉砕】の作業を残すのみとなっていた。

「そっか。もう納品できそうなら大丈夫だよな」

「納期に間に合うか不安だったんですか？　三日もあるんだから、のんびり【粉砕】しても間に合います」

「う、うん。暗くなってきたから、ランプを灯《とも》してくるよ」

フランは店の前と店内にある窓際のランプを灯《とも》す。ヴィフレア王国のランプは魔道具の一つで、火の魔石を真ん中に入れると反応し、柔《やわ》らかいオレンジ色の光を放つ仕組みになっている。

持続時間は火の魔石のランクで決まり、お金持ちほど高いランクの魔石を買えるから、何年も交換する必要がない。

王宮や貴族の邸宅、表通りにある家々はランクの高い火の魔石を惜《お》しみなく使えて、いつでも明るいけれど、裏通りは奥に行けば行くほど暗い。

気軽に火の魔石を買えないから、節約しながら使っているためだ。

だから、私は店の窓際と店先にランプを置き、道行く人の足元を照らす。

道が暗いと治安の悪さに繋がるし、店の前を通る人は明るい道にホッとできる。

近所の人たちからも、私の店の明かりは頼りにされていた。

「なんだか、裏通りの人たちと仲良くなれたみたいで嬉しいですね」

鼻歌を歌いながらコンロの前に立ち、フランの好物であるビーフシチューを温める。

火の魔石を使うと、火を起こさなくていいから安全に料理ができるのが特徴だ。

鍋に穴が空くこともなくなり、微妙な火力の調節もバッチリな優れもの。コンロ下はオーブンになっていて、パンも同時に焼けるようになっているから、焼きたてのパンとシチューが楽しめるというわけだ。

火の魔石がなければ薪《まき》か石炭を入れて使う仕組みで、これがヴィフレア王国の一般的なかまどとなっている。

「いい感じにビーフシチューが温まってきましたね。そろそろいいかな……？」

長時間煮込んだビーフシチューは肉がとろとろで、後から加えた玉ねぎやニンジンもしっかり柔《やわ》らかくなっており、シチューによく馴染んでいる。

想像しただけでお腹が鳴りそうだ。

「フラン。早く夕食にしましょう。今日はフランが大好きなビーフシチューですよ」

熱々のとろとろシチューにカリッとしたパンを浸《ひた》して食べるのが、私とフランの大好きな食べ方だ。

切ったパンをフライパンにのせ、両面を焼こうとした瞬間――部屋中が真っ暗になった。

「え？　停電？」

この世界の夜を照らすのは、主に火の魔石による力だ。

電気じゃないから停電するわけがないのに、ついそんな言葉が口をついて出てしまった。

それくらい、急に真っ暗になったのだ。

もしやと思ってかまどを見ると、火の魔石が光を失い、凍りついていた。

「火の魔石が……凍ってる？」

部屋を照らすランプの火の魔石も同じ状態だ。

他の魔石はどうだろう。井戸水を汲《く》み上げて使っている台所の水は、蛇口に浄水用の水の魔石を取りつけてある。見ると、そちらは凍っていなかった。

凍ったのが火の魔石だけと知って、ハッと我に返る。

「納品する火の魔石は？」

もしかしたら、凍っているかもしれない。

急いでキッチンを出て工房へ行き、箱の中にある火の魔石を確認する。

箱の中にあった魔石は、凍っていなかった。

凍ったのは使用中の火の魔石だけだったらしい。

「よ、よかったぁ……」

ホッとしたのも束の間、周辺の家々から子供の泣く声や喧騒《けんそう》が聞こえてきた。

「うわーん！　暗いよぉ、怖いよぉ！」

「火の魔石を凍らせたのは誰だ！」

「ちくしょう。まだ半年分の魔力が残っていたのに！」

この異変が起きたのは私の家だけでなく、ここ一帯の家すべての火の魔石が凍ったらしい。

急いで予備の火の魔石を取り出して、手元のランプを使えるようにして店先へ向かう。店のランプも同様に使えなくなっていた。

後ろをついてきたフランに明かりを向けると、暗闇に驚いたのか呆然としていた。

「フラン？」

「あ……。サーラ……」

「いきなり暗くなって驚きましたね。平気ですか？　すぐに明かりをつけますね」

「う、うん」

店のランプの魔石を交換する。

凍った火の魔石を観察すると、石全体を薄く青い氷が覆《おお》っているのに気づいた。

――青い氷。これって、魔術の氷では？

サーラが閉じ込められた時に見た氷を思い出す。魔術の氷は青みを帯び、透き通っているのが特徴だ。これは火の魔法か魔術でなければ溶かすことはできない。

「あっ！　サーラちゃん、明かりをつけてくれたの？」

「よかったわ！」

私の店の前だけ、いつもと変わらぬ明るさが戻ってきて、近所の人たちが集まってきた。

「今、火の魔石を交換したところです」

「サーラちゃんの店はいつも明るくしてくれるから、道を歩く時とても助かるのよ」

「そうそう。目印になるの」

怖がる子供たちの手を引き、お母さんたちが店の前の明かりを見せて、泣く子供を宥《なだ》めた。

「火の魔石が凍るなんて、頻繁《ひんぱん》にあることなんですか？」

私が尋ねると、全員が首を横に振った。

「これが初めてよ。それもこんな突然、一斉に消えるなんて……」

「不良品というか、ランクを誤魔化《ごまか》した魔石だと使用期間が短かくなることはあるけど、凍ることなんてないわ」

「新しいものも、すぐには買い揃《そろ》えられないだろうね。ここら一帯の火の魔石が駄目になったんだからさ」

「困ったわ。品不足になったら、値段も上がるでしょうし……」

貴族である魔術師や魔道具師たちにとって、魔石の一つや二つ、たいした額ではないかもしれない。

でも、魔石を精製する能力を持たない人々にとって、魔石は高いお金を出して買うしかないものだ。

人々は暗闇の中で困惑し、これからのことを考えて憂鬱《ゆううつ》になっている。

そんな時、ふと顔を上げると、遠くで煌々《こうこう》と輝く明かりに気づいた。

それは王宮と貴族の屋敷、表通りの街灯だった。

「おい。向こうは明るいままだぞ！」

「なんでだよ！」

火の魔石が凍ったのは、私が住んでいる場所の周辺だけのようだ。

「貴族どもめ。俺たちの状況も知らずに、のうのうと夜を楽しんでいるんだろうな」

「でも、王宮が気づいて助けてくれるかも！」

「誰も助けに来るわけない。こっちの明かりが消えたことも気づいてねぇよ」

「あいつらの嫌がらせじゃないのか？」

怒りと悲しみが入り混じった声が行き交い、嫌な空気が流れる。

私の隣にいたフランが、ぽつりと呟いた。

「あのさ、火の魔石を凍らせたのは魔術師だと思う……」

「そうでしょうね。不自然に凍った魔石を見ればわかります」

魔術や魔法で作られた氷は魔力を源とするため、同じく魔術か魔法でなければ溶けない。

だから氷の中に閉じ込められたサーラを救うのに、リアムは大魔術を行うしかなかった。

サーラの体に傷一つつけず、氷を一瞬で溶かす大魔術を——人の命に関わる難しい魔術は、成長したリアムの体でなければ、その負荷に耐え切れなかったのかもしれない。

この世界では魔法と魔術は区別されている。

持って生まれた才能で自然に使えるものを魔法。複雑な術式や道具を必要とするものを魔術と呼ぶ。

だから、王立魔術学院で学ぶのは、魔法ではなく魔術である。

リアムやルーカス様、ソニヤは魔法の才能があり、自由に魔法を使っていた。

でも——

「私には、氷を溶かすことはできません」

私は魔法も魔術も使えない。

集まってきた人たちも、そのことはわかっている。

落ちこぼれで魔力なしの令嬢という噂を、みんな知っているのだ。

――魔力がないって、本当に無力だ。

私がリアムのように魔法を使えたなら、火の魔石を元に戻せたかもしれない。

そう思ったところで、首を横に振った。

今の私は健康で、体力があって手足も動く。

魔法が使えなくても、なにもできないわけじゃない。

「フラン。工房に戻りますよ」

「え？　う、うん……」

工房に戻り、マントを羽織り、布袋を用意する。

「サーラ？」

「フランも上着を着てください。夜は冷えますからね」

フランに上着を手渡し、真っ暗な道でも大丈夫なように手持ちランプを持たせた。

「あのさ、犯人を捜して町中を走り回るつもりならやめたほうがいいよ……。どうせ見つからない」

「犯人捜しより先に、やるべきことがあります」

火の魔石が大量に入った箱を工房の棚から引きずり出して、袋に詰めていく。魔石でいっぱいにした袋をフランに渡す。

「なにやってるんだよ！」

「結構な軒数があるので、私だけじゃ回れません。フランも手伝ってください」

「軒数？　回る……？　それ、三日後にニルソンさんに納品する火の魔石だろ！」

「そうです。凍った火の魔石と取り替えます」

「なに言ってるんだよ。やっと工房が見つかって、契約してもらったのに……！」

フランが泣きそうな顔をした。

「これは私への嫌がらせです。町の人を巻き込むなんて、いけません」

——警告を含む私への脅《おど》しだ。

私にその意図が伝わるように、わざわざ火の魔石を凍らせたのだ。

私がおとなしく王宮へ戻らないからか、魔道具店を開いてうまくいっていたからなのか——どちらにせよ、私のことが気に入らないというのだけは確かだ。

ルーカス様かソニヤか……それとも、別の人か。敵が多くて、誰がこんな嫌がらせをしたのか絞り切れない。

「フラン、泣いている場合じゃないですよ。裏通りに明かりを取り戻しましょう！」

フランの空色の瞳からこぼれた涙をハンカチでぬぐい、私は微笑んだ。

私たちは火の魔石が入った重い袋を担ぐ。フランはさすが獣人だけあって、軽々と袋を持ちあげた。

「サーラ。今日一日、暗いままってわけにはいかないのかな」

「裏通りの人たちは、すぐに魔石を買えるような暮らしじゃありません。今日一日だけでは済まないでしょう」

「そうだよね……」

彼らが火の魔石が切れる頃に合わせて、お金を貯めているのを私は知っている。

鍋を作るにあたって、魔石の素材となる鉱石を仕入れに行った先で、購入を悩んでいる人たちを大勢見た。

魔石はランクが高ければ高いほど長く使用できる代わりに、値段も高くなるのだ。

「みんな、生活が大変なんですよ」

「それはサーラだって同じだ！　鍋に使う魔石を仕入れた時にほとんどの金を使っただろ！　これを渡したら、新しく石を仕入れる資金はないよ！」

「そうです。ニルソンさんには事の成り行きを説明して、謝るしかありません」

私はスキルで石を【研磨】して魔石にできるから、魔石を買うしかない人に比べたら安く済むとはいえ、石だって安くはない。

それに納品できなかったら、私を信用してくれたニルソンさんを裏切ることになる。

でも、このまま知らん顔をして鍋を売ったところで、裏通りの人たちに対して後ろめたい気持ちが残る。

「私の魔道具は王族や貴族だけが使うものではありません。裏通りの人たちは私の店の大事なお客様です。見捨てるわけにはいきません」

「サーラ……」

手に力を込め、袋の紐をつかんで店を飛び出した。

「フラン、行きましょう。手分けして回りますよ！」

「……わかった」

私とフランは明かりの消えた家々を順番に訪れ、火の魔石を交換していく。

暗かった家の中が明るくなると、住人の不安な表情が笑顔に変わった。

「サーラちゃん、ありがとう！」

「あんたの生まれは貴族だっていうのに、私たちを見捨てない本当に優しい娘だね……」

裏通りに一つ、また一つと明かりが戻るたび、不穏な空気が消えていく。

家々の窓から明かりがこぼれ、裏通りを照らした。

「町の明かりって綺麗ですね。あの明かりの下に人がいるんだって思ったら、とても大切なものに見えます」

「うん……」

すべての家に火の魔石を配り終わり、私とフランが並んで町の明かりを眺《なが》めていると、こちらへ向かってくる人影が一つ。

お忍びのつもりで目立たないように配慮したのだと思うけど、黒いマントにシャツとズボン、全身黒ずくめで、むしろ怪しさ倍増の姿である。

第二王子でなかったら、間違いなく職務質問されていたことだろう。

「うわ……。夜が似合う男。ただし、冥府の御使いという意味で」

「誰が死神だ」

他の人からも死神と言われたことがあるのだろうか。私の前に、不機嫌な顔をしたリアムが立ちふさがった。

機嫌のいい時のほうが稀《まれ》だから気にならないけど、今回の不機嫌の理由がわからず、しばらくお互いの姿を見つめあう。

「火の魔石が凍ったそうだな」

沈黙を破ったのはリアムだった。

「耳が早いですね」

「警備兵の詰め所に裏通りの人間が駆け込み、警備兵から宮廷魔術師に報告があった。お前のところに報告用の精霊を置いてあっただろう？」

「えーと、クラゲ精霊ちゃんは窓辺で眠ってます」

【本日の営業時間は終了しました】と言わんばかりに、気持ちよさそうにスヤスヤ眠っていたクラゲ精霊ちゃん。透明でふわふわしたクラゲみたいな物体は得体が知れず、起こす気になれなくて、そのままソッとしておいた。

なお、使い方もよくわからない。

「これだから下級精霊は！」

「怒らないでください。リアムに連絡しなかったのは力を借りない約束だからです」

「身の危険がある時は別だ」

「それはそうですけど、連絡するほどじゃないかなって」

「なるほど。お前が連絡するのは、死にそうになった時くらいか」

リアムは嫌みたっぷりでそう返してくる。

サーラの体を心配してのことだろうけど、それでもルーカス様が訪れた時は急いで駆けつけてくれた。

だから、リアムは信用できる。できるけど、まるで私が犯人ですかってくらい責められている気がする。

「魔術は魔法と違って、魔道具や術式を必要とする。これだけ大規模な魔術を使えば、必ず痕跡《こんせき》が残る」

「え……？　術の痕跡《こんせき》……？」

フランは、驚いた顔でリアムを見上げた。

リアムがフランを鋭い目でにらみ、二人の間に重苦しい空気が流れた。

「俺が見つけた物を見せてやる」

リアムは白い布に包まれたなにかを取り出した。

「これは……銀の鏡？」

証拠品と思うと、直接触れることはできなかった。

鏡は複数あり、泥で汚《よご》れたものから草がついたもの、濡《ぬ》れたものなどがあり、それぞれ別のところから回収されたものだとわかった。

「他にもないか、配下の魔術師たちに探させている」

宮廷魔術師長であるリアムの配下ということは、もう宮廷魔術師たちが捜査していて、事件として取り上げるようだ。

「リアム。この銀の鏡は魔道具ですか？」

「そうだ。鏡の一つを置いておけば、離れた場所から魔術を使うことができる。本来は竜や魔獣が町を襲う危険がある時、遠くにいる魔術師が結界を張るのに使うものだ」

「以前、リアムがクラゲ精霊ちゃんを通して魔術を使ったように、この鏡を通して魔術師が魔術を使うってことですか？」

「そうだ」

こういう使い方をされたのは初めてらしく、リアムの表情は険しい。

話を聞いていたフランは目に見えて動揺《どうよう》している。

「あ、あ、あのさっ！　それって置いた犯人が誰かわかるのかな……？」

「わからない。だが、持ち主を予測することはできる」

「だ、だれ？」

フランは震える声でリアムに尋ねた。

「王宮の人間だ。魔道具というのは便利だが、犯行の証拠になる。特殊な魔道具ほど使用者は限定される。この魔道具を作ったのは宮廷魔道具師であり、誰もが持ち出せる物ではない」

「そうなると、身分が高い王宮の人間ですか……。たしかに竜や魔獣に使うような魔道具を普通の人間が手に入れるのは難しいですよね」

「この件は父上に報告する。犯人には王都の平和を乱したとして、厳罰《げんばつ》が下るだろう」

国王陛下の耳に入れば、犯人探しは徹底的に行われる。関わった人間全員が処罰《しょばつ》されることになるだろう。

手持ちランプの明かりでもわかるくらいフランの顔色は悪く、落ち着きがなかった。

「リアム。待ってください。国王陛下への報告には慎重になるべきです」

「なんのために？」

「この魔道具を使えるということは、身分の高い人間ですよね。国王陛下の立場上、相手が敵に回すと厄介な貴族の派閥《はばつ》なら、困ったことになりませんか？」

リアムも誰が犯人であるか、薄々気づいている。

ルーカス様である可能性は低い。

なぜなら、ルーカス様は先日、堂々とやってきてリアムと一度やりあったからである。そして、私が金貨を払えるかどうか静観中のはず。

新たになにか嫌がらせをしてくるとは考えにくい。

「それに人を使って計画を実行したのであれば、本当の犯人が捕まるとは限りません。他の誰かを犯人に仕立て上げて逃げ切るでしょう」

「だが、脅《おど》しにはなる」

「脅《おど》したところで怯《おび》える相手でしょうか」

リアムは黙った。

私も犯人を捕まえるべきだと思う。思うけれど、巻き込まれて利用されているだけの人間もいる。

その理由はお金だったり、立場だったりで、そこから逃げられない人間もいるのだ。

犠牲になるのは、その人たちであることに、私たちは気づいていた。

リアムはため息をついた。

「お前ならどうする？」

「そうですね。この件は火の魔石を配って問題は解決してますし、魔道具もリアムが回収済みです。

犯行に使われた魔道具を、犯人と思われる人物にリアムからお返ししてはどうですか？　どっちみち、この魔道具は魔石の力を失っていて、もう使えないでしょう？」

「返す？」

凄《すご》んだリアムの顔のほうが、よっぽど脅《おど》しになる気もするけど。

「リアムから魔道具を手渡されたら、じゅうぶん脅《おど》しになりますよ！」

親指を立てて笑顔でウインクすると、リアムににらまれた。

「誰の顔が怖いって？」

「私、口に出してませんでしたよね？」

もしかしてリアムは心も読めるのだろうか。

「よく言われるからな」

どうやら本人も自覚があるらしい。

「それより、今、火の魔石を配ったと言わなかったか？」

「そうだよ。サーラが配った火の魔石は、三日後に納品する魔道具の材料だったんだ……！」

フランの声は、泣き声に近かった——というより、ほとんど泣いていた。

夜風は震えるほど冷たくはないのに、フランの細い体は震えている。

「……フラン。お腹が空《す》きましたよね？　家に帰って、温かいビーフシチューを食べましょうか」

「待て。火の魔石はどうする」

「納品先に少し待ってもらいます」

「それで済む問題か？　初めて契約した工房だろう。公爵令嬢が遊びで魔道具店をしていると思われかねない」

リアムの言葉は正しい。

ニルソンさんは私に失望し、契約は破棄になるかもしれない。

それだけじゃない。

他の工房の職人たちも『やっぱり貴族令嬢は仕事をわかってない』と思うだろう。

「おい。今から俺の散歩に付き合え」

「えっ？　散歩？　どこに行くんですか？」

「王都の外だ。ここからだと近い」

リアムはそう言うと、王都の外に出る門に向かって歩き出した。

大きな門の前には警備兵たちが王都を出入りする人間を見張っていて、通るには許可証がいる。

だから、外が近くても私はまだ王都の外に出たことがない。

「少し待ってろ。話をしてくる」

リアムは慣れた様子で警備兵と話をし、門ではなく、兵たちが使う小さな扉を開けてもらった。

警備兵は手に金貨を一枚握り、ペコペコ頭を下げている。

どうやら、口止め料を支払ったようだ。

「リアム、お忍びに慣れてますね」

「黙ってろ。夜に王都の門を開けるのは禁止されてるからな。バレたら俺だけでなく、警備兵も罰《ばつ》を受ける」

リアムの後ろについて、私とフランは王都の外に出る。そんな遠くに行くわけではないようで、リアムが歩き出したのは王都の外壁に沿った道だ。

前を歩くリアムを私とフランが追う。

――有名な素材屋とか、激安な闇ルート？

それともハンマーで石を砕いたり、つるはしで石を掘ったりするところからだろうか。

魔道具師の道具であるハンマーは工房に置いてあり、今は持ってない。

「あの、リアム……。ハンマーを工房に忘れてきてしまって。それに、つるはしは使い方を教えてもらわないと、ちょっと自信がないんですが……」

「は？　つるはし？　お前はなにを言ってるんだ」

――あれ？　石を掘るわけじゃない？

私の予想は外れたようで、これがただの散歩だったらどうしようなんて思えてきた。

「ついたぞ」

案内されたのは、石が転がる空き地のような場所だった。

誰かが捨てたらしい、小さな石の山がいくつも積まれている。

ランプを近づけると、【鑑定】スキルによってそれらの石が魔力を含んでいるとわかった。

あまりに小さくて商品にならない、くず石と呼ばれるものである。

でも――

「これって、中級クラスの魔石になる石じゃないですか？」

「そうだ。王都の魔道具店では【研磨】しやすいよう石を削《けず》り、形を整える。その時に出る石だ。小さすぎて【研磨】するのを嫌がった魔道具師たちが遠くの処分場へ行くのを横着して、この場所に捨てている。ここにある石を持っていっても、誰も咎《とが》めない」

「なんてもったいない！　じゅうぶん使えるのに！」

くず石だろうがなんだろうが、タダで石が手に入るなんて夢のようだ。

それに鍋を作る魔石は粉末にするから、大きさなんか関係ない。

「ただ、くず石だけあって小さいから、【研磨】するのに手間がかかる。おい、俺の話を聞いてるか？」

リアムが説明しているけど、すでに魔石を拾いはじめていた私の耳にはまるで入っていなかった。

「おれも手伝う！」

フランと二人、火の魔石を配って空っぽになっていた布袋がいっぱいになるまで、くず石を詰めていく。

「よかったぁ！　これで納品できますね！　リアム、助かりました。ありがとうございます！」

「俺は散歩に来ただけだ」

たしかに石は細かくて【研磨】するのは大変だと思う。

でも、地道にやれば失った火の魔石分を取り戻せる。

これで納品に間に合う可能性が生まれた――ううん、間に合わせてみせる！

私は石を拾いながら笑っていたけれど、本当はリアムに何度もありがとうと言いたかった。

泣きたいほど嬉しかった。

リアムも珍しく微笑んで、私を見つめていた。

◆◇◆◇◆◇

【臨時休業中】――サーラが書いた張り紙は、ニルソンさんへの納品が終わるまで、ずっとそのまま
まだ。

店の前を歩く人たちが残念そうに張り紙を眺《なが》め、通りすぎていくのを何度も目にした。

――サーラもリアム様もおれが犯人だって気づいているはずなのに、なにも言わない。

ソニヤ様に命じられて鏡を置いたのは、おれだ。

その先の計画は教えられていなかったけど、あんな大事になると知っていたら、おれはやらなかっただろうか。

「わかんないや……」

離ればなれになった家族に会えるなら、なんとしても会いたかったのは本当だ。今だって、会えるものなら会いたい。

奴隷の身分から自由になれば自分で捜しに行けるし、奴隷だからと馬鹿にされることもない。

だから、ソニヤ様に協力した。

「結局、おれの家族がどこにいるかも教えてもらえなかったし、今でもおれは奴隷のままだ。なんで信じちゃったんだろ……」

今ならわかる。

向こうは最初から約束を守る気なんかなくて、王宮から鏡を盗んだ悪い獣人の子供として、おれに罪を着せ、捨て駒《ごま》にするつもりだったのだと。

獣人の子供がソニヤ様に命じられたと周りに訴えたところで、誰も信じない。

――おれは騙《だま》されたんだ。でも、今さらだ。

おれは奴隷だから、裏切られることはよくあった。

サーラに出会って、自分の身分も立場も忘れていただけだ。

店にやってくる客たちは、おれが獣人だって知ってるのに、ここで働いていると馬鹿にしないで対等に扱ってくれる。

それが嬉しくて、ずっと楽しかった。

「でも、もう終わりだ……。きっとソニヤ様はサーラに協力したおれに罰《ばつ》を与える」

そして、近いうちに奴隷商人が連れ戻しにくる。

サーラとはお別れだ。

「楽しかったな……」

清潔な服、温かいご飯、ふかふかのベッド——最初は冗談で言ったのに、サーラは本当におれの『お母さん』みたいだった。

サーラとの別れを考えたら、涙がこぼれた。

今まで奴隷の仕事がどんなに辛くても、泣いたことなんてなかった。

おれが泣くなんてありえない。

——奴隷商人が来る前に、サーラに全部話して謝ろう。

でも、今は言えない。

サーラが工房で必死に作業する音が聞こえてくる。

くず石を拾ってきてから、サーラは不眠不休で【研磨】し続けている。

納品予定は明日の昼だけれど、サーラの体力は限界のはずだ。

間に合うかどうか怪しい。

聞こえてくる音が変わる。ようやく【研磨】が終わり、【粉砕】作業が始まったようだ。

後少しだ。

陽が落ちて、辺りは暗くなっても、サーラが作業する音は止まない。

「フラン！　店先の明かりをつけてもらってもいいですか？」

サーラの声は相変わらず元気で、おれは涙声を隠しながら慌てて返事をした。

「う、うん！　わかった！」

涙をぬぐい、店の前に出てランプの火を灯《とも》す。

サーラが店を開いてから、毎日欠かさずやっていることだ。

裏通りは貧しい人が多く、街灯も表通りに比べ少ない。だから、夜になると暗くて怖いのだ。

でも、サーラの店の前だけはいつも明るい。

店先と窓際の二カ所に置かれたランプのおかげで、安心して歩けると評判になっていた。

最近じゃ、サーラを真似て裏通りの店が店先にランプを吊るしはじめた。

サーラが来てから、暗かった裏通りが明るくなった気がする。

「サーラは、王子の妃にふさわしいよ」

誰に言うわけでもないおれの声は、夜の闇に溶けた。

ただ、口に出して言いたかっただけだ。

おれみたいな獣人の子供にも優しいサーラがこの国の王妃になったなら、未来に希望が持てる気がする。

なにかが変わるんじゃないかって――

「でも、サーラは妃になれなかったしさ。結局、悪いことするやつが強いんだ」

ランプの明かりを眺《なが》めると、火の魔石が輝いていた。

火の魔石を配った時、感謝の言葉をたくさんもらった。

あの時のことを思い出して、うつむく。

「おれ、あいつらと同じになりたくない……」

「そう思えるなら、少しはましか」

夜の闇より濃い影に気づいて背後を振り返ると、リアム様がいた。

マントと漆黒の軍服姿は宮廷魔術師として働いている時の服装で、仕事帰りに立ち寄ったのだとわかった。

「サーラは？」

「ずっと作業してる……」

「納品は間に合いそうなのか？」

「うん。たぶん……。【研磨】が終わって、今は【粉砕】してるところだよ」

濃い青の瞳がランプの明かりを眺《なが》め、それから、おれを見下ろした。

――リアム様はなにを考えているかわからない人だ。

でも、獣人であるおれを馬鹿にしないし、差別したことは一度もない。

「馬鹿を通り越して呆れるな」

いつもより不機嫌そうなリアム様は、おれの横を通り過ぎ、早足で店の中へ入っていった。

さらにその奥の工房へ向かう。

サーラが作業中でも気にしない。

止める間もなく、工房のドアを勢いよく開くのが見えた。

突然、入ってきたリアム様に驚き、サーラは手を止める。

「リアム……？」

リアム様の黒い手袋をはめた手がサーラの目蓋《まぶた》を覆《おお》う。

その瞬間、サーラの体がよろめいて、倒れそうになった体をリアム様が支えた。

サーラは目を閉じたまま、動かない……

「サーラになにをしたんだっ！」

——サーラが危険だ！

そう思った瞬間、おれは狼の姿に変化《へんげ》していた。

滅多なことじゃ獣の姿にはならないけど、こっちのほうが強くてすばしっこい。

おれたち獣人は危険が迫ると、本能的に獣の姿に変化《へんげ》する。

牙をむき、唸り声を上げると、リアム様はサーラをソファーの上に寝かせた。

「眠らせただけだ」

「眠ってるだけ？」

「こうでもしないと止まらない。暴れ馬みたいなものだからな」

「う、馬？」

リアム様の視線の先はサーラの手に向けられていた。手袋は破れ、血がにじんでいて痛々しい。

【粉砕】していたハンマーの柄にも血がこびりついている。

リアム様は携帯用の治療セットを取り出すと、サーラの手袋を外し、傷薬を塗《ぬ》って包帯を巻きつけた。

「体を大事に使えと言ったのに、熱まである」

サーラの額に手をあてたリアム様の顔が険しくなる。

「納品のために、ずっと作業してたから……」

「馬鹿だな」

「サーラは馬鹿じゃない！　優しいだけだ！」

「ソニヤの手先のくせに、サーラをかばうのか」

リアム様はやっぱり気づいていたのだ。

冷ややかな青い目は氷のようで、サーラの晴れた空のような瞳とまったく違っていた。

「そ、それは……」

「俺は優しい人間じゃない。善人でもない」

そう言うと、リアム様はパチンと指を鳴らす。

なにもなかった空間に大気中の水が集まり、一瞬で氷になった。

――これが魔法。

氷の粒が、柔《やわ》らかい布の袋に入っていく。それをサーラの額の上にそっとのせる。

リアム様は死神と噂される怖い魔術師で、本人も善人ではないと言う。

それなのに、どうしてサーラを介抱するのだろうか。

おれには、リアム様という人間が理解できなかった。

「リアム様、おれを捕まえる？」

「お前一人捕まえたところで、ソニヤはうまく逃げ切る。サーラの嫌がらせだと騒ぎ、お前一人に罪をなすりつけ、何事もなかったように振舞うだろう」

わかっていたけど、やっぱりそうなんだと知って悲しくなった。

「嫌がらせしているのは、ソニヤ様なのに……」

「まあ、嫌がらせを受けている本人は楽しそうにしているがな」

「へ？」

サーラは眠りながら、にやにや笑っている。

いい夢でも見ているのだろうか。

微笑ましい気持ちになっていると、突然サーラがおれの尻尾をつかんで、ぎゅむっと抱きしめた。

「ひえっ！」

「うーん。ポチ……」

「ポチじゃないよっ！」

腕から逃げ出そうとしても、なかなか逃げられない。

この力は【粉砕】スキルのハンマーで鍛《きた》えた筋肉か？

リアム様に助けを求めようとした時、自分の目を疑った。

――リアム様が笑った？

こんな時に笑うような人かなと思い、目をこする。

驚きすぎて抵抗を忘れていると、リアム様はサーラの横に椅子を持ってきて座った。

一晩じゅう看病するつもりでいるのか、そこから動く気配はない。

天才魔術師と呼ばれるリアム様が、心配で離れられないなんてこと、あるんだろうか。目にしているものが信じられなくて、つい、余計なことを聞いてしまった。

「もしかして、サーラのこと好き、とか……？」

怒られるかなと思ったけど、返ってきた言葉は意外なものだった。

「……十年前、俺はお前と同じ十二歳だった」

それは、とても落ち着いていて、静かな声だった。

「十二歳の俺は、誰に対しても素直になれなかった。周囲を信用できずに殻《から》に閉じこもり、一人でなんでもできると思っていた生意気な子供だった」

リアム様は、おれのために話をしているんだと気づいた。

「俺の行動でどんな嫌な思いをしても、優しかった人がいる。その人の存在に感謝していたと、気持ちを伝えようとした時にはいなくなっていた。自分の気持ちは中途半端なまま、友情や愛情と呼べる前に失った」

「それってさ……」

サーラのことなのかなと思った。

十年前、サーラは第一王子の妃に選ばれた。

今でこそリアム様は二十二歳だけど、その頃はおれと同じ十二歳。

天才魔術師と呼ばれていても、子供は子供だ。

「俺はずっと後悔してきた。だから、お前は後悔するな」

リアム様の険しい表情の中に見えたのは、後悔だった。

おれと同じ後悔している顔をしていて、そこに十二歳のリアム様がいるような気がした。

「うん……。おれ、ちゃんとサーラに謝る」

リアム様は黙って目を閉じ、後はなにも話さなかった。

そして、明け方までサーラを看病して、去っていったのだった――

◆◇◆◇◆◇

――夢を見ていた気がする。

それも、リアムが優しく微笑み、私を看病する夢である。

「さすが夢……。現実じゃ見られないものを見せてくれますね」

でも、これは本当に夢だった？

私の手には包帯が巻かれていた。痛みは消え、傷も塞《ふさ》がっている。

特別な傷薬を使わない限り、一晩で傷が治るわけがない。

「リアムなのかな……？」

きっと、あの夢は現実だったんだと思う。微笑み以外は。

「現実だったということはっ……！」

もしかしたら、サーラの体を雑に扱ったと、リアムがお説教に来るかもしれない。

その時は、最強謝罪術【土下座】を使おうと決めた。

「スキル【粉砕】！」

傷が治り、一休みしたおかげか作業のスピードが上がっている。

残っていた【粉砕】の作業は順調に進み、赤くてキラキラした粉が山になると、フランがそれを瓶《びん》に詰めて、ラベルを貼る。

「サーラ。納品分は揃《そろ》ったよ」

「よかった！　間に合いましたね！」

フランと私はお互いの手のひらを勢いよく合わせて喜んだ。

瓶《びん》を箱に詰め、フランが持ち上げる。

「すぐに納品に行こう！」

「そうですね。あの……。昨日、リアムが工房に来てました？」

「うん。手の傷を手当てして帰ったよ」

やっぱり、リアムだった。

リアムが激怒していなかったか、すごく気になる。

「なにか言ってませんでしたか？」

「ううん。なにも……」

――本当に？

私の寝顔がマヌケだとか、緊張感のない顔で眠っているなとか、リアムが言わないで帰るなんてありえない。

「サーラ、早く運ぼうよ。昼になっちゃうよ！」

「あっ！　そうですね」

慌てて箱を持ち、私とフランは急いで家を出た。

火の魔石が凍ってから三日間、ずっと工房にこもって作業をしていたため、外の空気を吸うのは久しぶりだ。

大変な仕事を終えた後だからか、吹き抜ける風がいつも以上にさわやかに感じる。

「うーん。外の空気が美味《おい》しいですね」

ニルソンさんの工房までの道をフランと歩いていると、たくさんの人が声をかけてきた。

「サーラちゃん！　火の魔石をありがとう！」

「お礼にケーキを焼いたのよ。帰りに寄ってね」

「うちは卵だ」

「野菜を！」

「肉が！」

みんなの優しさが嬉しい。当分、食べ物に困ることはなさそうだ。

私とフランが工房に到着すると、工房前でウロウロしていたニルソンさんは足を止め、驚いた顔をした。

その顔を見て、すでにニルソンさんは火の魔石が凍った事件を知っているのだとわかった。

「間に合ったのか！」

「なんとか間に合わせました」

白い髭《ひげ》をなでながら、ニルソンさんはうなずいた。

箱の中身を見るまで半信半疑だったのか、蓋《ふた》を開けて瓶《びん》を手に取り、何度も確認する。

「うむ……。本物だ。実は、うちの職人の下宿先がそっちの地区にあってな。あんたが火の魔石を配っていたというから、てっきり……」

余計なことを言うとリアムに迷惑がかかるかもしれないと思い、私はなにも言わずに笑って、魔石が入った箱を手渡した。

「ニルソンさん。魔石、たしかに納品しました。後はよろしくお願いします！」

「ああ。あんたは約束を守れるしっかりした魔道具師だ。こっちもあんたの努力に恥じない仕事をさせてもらうよ」

ニルソンさんの笑顔は、以前よりずっと優しいものだった。

私とニルソンさんが握手をしているのを見て、職人たちが集まってくる。

「サーラちゃん、フラン。火の魔石を配ってくれて、ありがとうな！　助かったよ！」

「しかし、火の魔石をあれだけ配ってから、また火の魔石を【研磨】して、粉にしたんだよな。すげぇなぁ。速すぎるぜ」

「そうですね。繰り返し作業をしたおかげでスキルレベルが上がって、スピードが速くなったみたいです」

【研磨】だけじゃなく、【粉砕】のスピードも上がっている。

魔道具師には、魔術師にはないスキルがある。スキルを伸ばして人々の役に立てれば、もう落ちこぼれだとか、できそこないだなんて言われずに済む。

ニルソンさんだって魔力はないけど、名匠として尊敬されているのだから。

「私たちに魔力はありません。でも、努力という力を神様から与えられた……ですよね？　ニルソンさん！」

「その通りだ！」

ニルソンさんは笑いながらゴーグルとエプロン、分厚い手袋をつけて、耐火煉瓦《れんが》で造られた溶解炉の前に立った。

ヴィフレア王国では、鋳造《ちゅうぞう》と鍛冶の両方を鍛冶工房が担う。

ニルソンさんの工房は中規模ながら、大きな溶解炉があると知っていたから、ヒュランデルさんは私に紹介してくれたのだと思う。さすがはやり手と評判の商人だ。

「さて、始めるか」

ニルソンさんは緑と赤のキラキラした粉が入った瓶《びん》を眺《なが》め、蓋《ふた》を開けて分量を量る。そして、耐火容器の坩堝《るつぼ》に粉を入れ、赤い炎が見える溶解炉の中へ投入した。

炎の中で魔力を含んだ魔石と金属が反応し、火花を散らす。

「火と風の魔石が金属と混ざったぞ」

「すげぇ。赤と緑の星が散っているみたいだ」

ニルソンさんの作業は、まるで魔法のようだ。

風の魔石、火の魔石、二種類の粉末と金属が混ざり、普通の金属とは違った色味を出す。

「鍋の型に流し込んだら、金属が冷えるまで待つ。お前たちにも教えるから、しっかり覚えろ」

「はいっ！」

納品が遅れるかもしれないと思っていたのに、ニルソンさんは私を信じ、鍋の型を用意してあった。ニルソンさんは私に納期を守れと言ったけど、ニルソンさんもまた私との約束を守るべく、準備してくれていたのだ。

――ニルソンさんの期待を裏切らずに済んで、本当によかった。

心強い味方を得たことを実感した。

「さあ！　どんどん作るぞ！」

大きな掛け声が工房内に響く。

それと同時に型に流す作業が始まった。

魔石の配合を知っているのは私とニルソンさんだけなので、金属を溶かすのはニルソンさんのみ。

「冷えるまで時間がかかる。鍋が出来上がったら、職人に届けさせよう。後はこっちの仕事だ。あんたは帰って休め」

「はい。ありがとうございます」

鍋の仕上がりを見たかったけれど、連日の徹夜もあり、ここは素直に帰って休ませてもらうことにした。

――健康第一、体が資本。

前世の境遇のおかげで、健康のありがたみは嫌というほど思い知っている。

「フラン。楽しみですね！」

「うん」

ニルソンさんの工房を出て、私とフランは並んで歩き出した。

「市場でお肉を買って帰りましょうか。フランは『ハンバーグ』を食べたことがありますか？」

「はんばーぐ？」

フランはハンバーグの存在を知らないようだ。

「きっとフランは大好きですよ！」

「サーラが作ってくれたもので、まずかったものなんか一つもないよ」

「そうですか？　それは嬉しいですね。じゃあ、フランのために腕をふるいますよ！」

フランはノリノリで言った私の顔をジッと見つめて、立ち止まった。

「どうしたんですか？」

「おれ……」

フランは不安そうな顔をしていたけど、私から目を逸《そ》らさなかった。

そして、意を決したように言葉を吐き出した。

「おれ、サーラに言わなきゃいけないことがある。おれがサーラの家に来たのは、店がうまくいかないよう嫌がらせをしろって、ソニヤ様に命じられたからなんだ」

裏切りを告げたフランの空色の目はまっすぐに私を見ていた。

自分の罪を認め、どんな罰《ばつ》でも受けると、覚悟を決めて腹をくくった者の目だった。

「ゴミを運んできたのはサーラへの嫌がらせのつもりだった。店の周辺にあの鏡の魔道具を置いたのも、おれだ。本当にごめん！」

頭を下げたフランの顔は見えなかったけど、きっと泣いているんだとわかる。

フランの細い両肩に触れ、ぽんぽんっと叩いた。

「フラン、顔を上げてください。火の魔石は納品に間に合いました。フランが嫌がらせだって言ったゴミは、店の商品になったじゃないですか。それに裏通りからゴミがなくなって、周辺の人たちだってとても感謝していましたよ？」

フランは異世界の生活事情に疎《うと》い私の代わりに、市場で上手に買い物をしてくれる。火を起こすのも上手だ。力持ちですばしっこく、商品を家まで届けてくれることもあり、お客様は喜んでいる。

「フランがいてマイナスになったことなんて、一つもありません」

マイナスどころか、プラスになっている。

「け、けどっ！　火の魔石の時は大変だったじゃないか！」

「納品を間に合わせるのは大変でしたけど、王都の外に捨てられていた石……あの場所を教えてもらえたのは幸運でした。くず石といえど、私にとっては宝の山。タダで素材が手に入るだなんて、それこそお宝情報ですよ？」

私が悪い顔でにやりと笑うと、フランの頰が引きつった。

「あれを工房に運べば、中級クラスの魔石が使い放題です。私の【研磨】スキルが上がったおかげで、前より早く大量に魔石を作れるようになりましたからね！」

私のアドレナリンを放出する魔法の言葉は『無料、タダ、ご自由にどうぞ』である。

テンションが上がりっぱなしで、連日の徹夜もなんのそのというわけだ。

「ふっ……うふふっ。これで魔石にかかる材料費はしばらくタダです。だから、フラン。今日はお祝いのごちそうにしましょう！」

フランも大喜びしてくれると思った。でも、フランは喜ぶどころか唇を引き結んで、泣きそうな顔で私を見る。目には涙がたまっていた。

「フラン？」

「サーラ。おれを許してくれて、ありがとう。でも、もう一緒にはいられない」

それは、突然告げられた別れの言葉だった。

「おれ、ソニヤ様の役に立たなかったから、奴隷商人のもとへ戻らなきゃいけないんだ……」

そういえば、フランの身分は奴隷で、私のところへは手伝いのために王宮から派遣されていただけだった。

――ソニヤの依頼に失敗したフランが奴隷商人のもとへ帰ったら、きっとひどい目に遭う。

ソニヤは魔石を凍らせた事件の犯人が自分だとバレないように、フランを私から遠ざけ、この王都から追い出すだろう。

奴隷商人に戻されたフランは遠くへ売られ、過酷な仕事を与えられる。

やっと鍋が完成して、これからだというのに、私とフランの別れの日が近づいていた――

第五章

完成した鍋は『サーラの時短鍋』というネーミングで売り出された。

名前をつけたのはニルソンさんで、わかりやすくていいだろうと思ったらしい。ちょっと抵抗があったけど、わかりやすくていいと言われて、そうなった。

そして、鍋は――

「サーラさん、おめでとう。爆発的に売れているって聞いたわよ」

お店にやってきたヒュランデル夫人が言うように、鍋は飛ぶように売れていた。

「そうなんです。生産が追いつかない状況で申し訳ないです」

せっかく店に来てくれても売り切れが続いていて、お客様のがっかりした顔を見るのが辛い。

鍛冶工房『ニルソン一家』は他の依頼を断ってまで増産してくれている。

王都だけでなく、近隣の町や村から噂を聞きつけて購入していく人もいて、生産が追いつくのは当分先になりそうだ。

「でも、これだけ売れているのは、裏通りに住む人たちが宣伝してくれたおかげです」

彼らは火の魔石を買うために貯めていたお金を使って、鍋を購入してくれた。そして鍋がどれだけ便利で良いものかを、あちこちで広めてくれたのだ。

『サーラの時短鍋』の評判は、すぐに広まった。

「そうね。そのうち、国じゅうで噂になるかもしれないわ」

「もっと売り場を増やしたいところですけど、生産が追いついていないので、これ以上は厳しいですね」

鍋は完成と同時に、私の店とニルソンさんの工房で売り出した。

短い時間でお湯が沸《わ》き、煮込み料理も手軽に作れる。その売り文句が忙しい裏通りの人々のハートをつかんだらしい。

「予約して正解だったわ。私の家でも使ってるのよ。とても便利だって、使用人たちが喜んでるの」

「ありがとうございます、ヒュランデル夫人。ニルソンさんを紹介していただいて、本当に感謝してます」

「あら、いいのよ。実はあれからニルソンさんがヒュランデル商会の注文を優先的に引き受けてくれるようになって、夫も機嫌がいいの。私のほうこそ、お礼を言わなければいけないくらい」

さすが、大きな商会の奥様である。

ヒュランデル夫人はさらっと冗談を言って、一緒に来ていた使用人を笑わせた。

発売と同時に購入してくれたのは、ヒュランデル夫人と仲の良い商人の奥様たちだ。

商人の家では、すでにほとんどが『サーラの時短鍋』を使用していると聞く。

それに比べると、貴族の邸宅では手に入っていない家が多く、こっそり使用人が裏通りに足を運んでいる。

——馬鹿にしていた私から買ったと思われたくなくて、使用人に買わせるというところがセコイですよね。

堂々と買いに来ればいいのにと思っていると、ヒュランデル夫人と入れ違いで、ニルソンさんの奥さんが友人と共に来店した。

「こんにちは、サーラちゃん！」

「いらっしゃいませ」

以前は疲れた表情を見せていたニルソンさんの奥さんだけど、今は生き生きしている。おでかけ用の服に革のバッグを持ち、胸元に飾られた陶器のブローチが可愛らしい。

いつもよりおしゃれをしてお買い物にでかける余裕ができたようだ。

「サーラちゃん。うちの旦那に鍋を任せてくれてありがとうね」

「いえいえ。こちらこそ『ニルソン一家』の皆さんに助けていただかなかったら、なにもできませんでしたから」

「助かったのはこっちよ！　あの通り見た目もいかついし、気難しいでしょう？　依頼を選《え》り好みするから収入も安定しなくて、息子とケンカばかりでねぇ……」

息子さんはニルソンさんと意見が合わず、他の工房で働いているそうだ。

ニルソンさんの奥さんは気苦労が絶えないようで、ため息をついた。

隣にいた奥さんが笑いながら、ぽんっと肩を叩く。

「これを機に息子さんも戻ってくるわよ。それより、お買い物しましょう！」

「そうそう。ティーセットを買いに来たんだったわ」

「あら、ティーセット？」

「午後から工房にお茶を出そうと思っているの。お湯が早く沸《わ》くようになったから、お茶の時間を作れると思ってね」

ニルソンさんの奥さんは家事だけでなく工房の事務作業も任されていて、なかなか午後のお茶まで手が回らなかったようだ。それは他の工房の妻も同じで、大規模な工房でない限り、家族で助けあいながらやっているところがほとんどである。

「あなたったら時間が空いても結局、『ニルソン一家』のことばかり考えてるんだから！」

「あら、本当ねぇ」

奥さんたちは笑って、おしゃべりをしながら店内を回る。

楽しそうな二人をカウンターから眺《なが》めていると、店の扉が開いた。

「サーラ！　ニルソンさんから、明日の入荷量を聞いてきたよ。この店に並べられる鍋は三十個だって！」

魔石の粉末を届けに行っていたフランが戻ってきた。抱えた空き箱には魔石の粉末が入っていた空き瓶《びん》、拾ってきたくず石が入っている。

重いはずの箱も、身体能力が高い獣人のフランにとっては余裕である。

なお、くず石は警備兵の監視の下、自由に拾ってもいいことになった。

今まで不法投棄されていたくず石を掃除していたのは警備兵で、それを不満に思っていたそうだ。

捨てているのが貴族の魔道具師だから、警備兵たちは咎《とが》めることもできず困っていた。

だから、石が捨てられると、私の店に『くず石の清掃依頼』の要請が来るようになったのだ。よく考えたら私たちには自由に門の外へ出る術がなかったので、警備兵たちの協力が得られたのは本当にラッキーだ。

「フラン、たくさん拾ってきてくれたんですね。ありがとうございます。私も頑張って【研磨】しますね！」

最近のフランは少しの時間も惜《お》しんで働いてくれていた。自分がいなくなった後、私だけになるのを気にしているのだろう。

「昨日、鍋の売り上げが入ったので、今日は美味《おい》しいものを作って、お祝いしましょう！」

「うん……。そうだね」

力なくうなずいたフランに私は言った。

「フラン。私はフランとこの先も一緒に、お店をやっていきたいって思ってます。フランはどうですか？」

「できれば、一緒にいたいけど……」

フランの意思を知って、私はニンマリした。

その顔が不気味だったのか、フランの目が心なしか冷たい。

「おれのことより、大事なのは今日の支払いだろ。第一王子が直々《じきじき》に、金貨百枚を取り立てに来るんだからさ」

「お金の心配はありません」

鍋の売り上げが入ったので、金貨百枚は余裕で支払える。

けれど、なにを思ったのか、わざわざルーカス様がこちらまで足を運ぶという。

フランを迎えに奴隷商人もやってくるはずだ。それをフランも察していて、ずっと元気がなかった。

第一王子のルーカス様が訪れて混乱しては困るので店は早めに閉め、待つことにした。

「大丈夫です。お金はバッチリですから！」

「それはわかるけど……でも……」

フランはうつむき、言葉を詰まらせた。

私がなにか声をかけようとした瞬間、馬の蹄《ひづめ》の音がいくつも聞こえてきた。

ルーカス様がやってきたのだ。

店の前まで、護衛の騎士たちが馬車を先導する。ヴィフレア王家の紋章が入った二頭立ての馬車の扉が開く。

馬車から現れたのは、ルーカス様だけだった。

「やっぱりソニヤは来なかったですね」

「うん」

ソニヤが来ないのは、火の魔石が凍った事件が自分と無関係だとアピールするためだろう。

魔術を使えないフランに、そんなことできるわけがないのに、フランが奴隷だからって罪をなすりつける気でいる。

どこまでも卑怯《ひきょう》な話だ。

「やあ、サーラ。元気だったかい？」

ルーカス様は店のドアを護衛たちに開けさせ、マントをばさぁっと手で払う。マントの下には豪華な刺繍《ししゅう》が施《ほどこ》された上着を身につけ、いつも以上に気合いが入っていた。

でも、私が気になったのは高級な上着より、魔石付きの剣である。

前回、リアムに負けたのが堪えたらしく、しっかり武装してきている。

期待を裏切って申し訳ないけれど、リアムは宮廷魔術師長としての仕事が忙しく、今日は不在だ。そもそもリアムは忙しい。ルーカス様のように護衛騎士をぞろぞろ連れて歩くことはなく、空いた時間に来るくらいだ。

同じ王子という立場なのに、二人はまったく違う。

「今日はね、僕だけだと寂しいかと思って、奴隷商人も連れてきたんだ」

ルーカス様は勝ち誇《ほこ》った顔で言った。

窓の外に、奴隷商人の馬車が見える。それを見たフランは表情を固くした。不安なのか、私のスカートをギュッと握る。

店の中に入ってきた奴隷商人は、金糸の刺繍《ししゅう》が施《ほどこ》された上着に、魔石付きの高価なアクセサリーをじゃらじゃら身につけ、歩くたびに音が鳴る。寒くもないのに毛皮を首に巻いている。

奴隷商人は贅沢《ぜいたく》な暮らしをしているようだけど、普通の商人とは違う。

商人ギルドにおいて、人の売買は禁止されている。その決まりを破った商人はギルドから永久追放処分になる。だから奴隷商人は商人ギルドには入らない、異端の存在なのだ。

「うちの奴隷がソニヤ様の不興を買ってしまい、申し訳ありませんでした。なかなか賢い奴だったんですけどねぇ」

いかにも悪そうな顔をした奴隷商人はわざとらしくため息をつく。

「しょせん、奴隷は奴隷でしたなぁ」

「フランは優しくて賢い子です」

私がフランをかばうと、ルーカス様はそれを面白そうに眺《なが》めた。私たちが仲良く暮らしていると、ソニヤから聞いているに違いない。

「ルーカス様。土地使用料の金貨百枚をお支払いします」

金貨百枚が入った布袋をルーカス様に渡した。

「領収書にサインをください」

これは、受け取っていないと言われないための予防策である。

領収書は商人ギルドが発行しているもの。これにサインをもらっておけば、なにかあった時はギルドが仲介に入ってくれる。

「しっかりしてるな」

「ここにルーカス様のフルネームで、わかりやすく書いてください」

「久しぶりに会ったのに、その態度はどうなのかな。まるで他人じゃないか」

「別れた夫は他人です」

ルーカス様は不満そうだったけど、なにが不満なのかわからない。

「奴隷商人を連れてきたのにはわけがあってね。君にある提案をしようと思うんだ」

「なんですか？」

「その獣人の子供を引き続き使いたいのなら、毎月合わせて金貨三百枚だ。金貨を三百枚支払うなら許可しよう」

つまり、毎月金貨百枚を土地使用料として、二百枚をフランの代金として支払えということだ。

「お断りします」

「なんだ。獣人の子供が可愛くないのか」

「ははは。そんなものですよ。情より金でしたなぁ。この獣人の子供の値段は金貨二千枚。毎月百枚とはワケが違うんですよ、ワケが！」

大笑いする奴隷商人を黙って見つめ、私はフッと笑った。するとルーカス様が何事かと、怪訝《けげん》そうな顔をした。

「金貨二千枚ですね。ルーカス様も、金額をしっかりお聞きになりましたよね？」

「聞いたけど、君に二千枚は払えないだろう？　僕なら用意できるけどね」

ルーカス様にお金を借りようというわけではないのに、彼はそんなことを言い出した。

私は金庫から布袋を取り出し、一つ二つと重ねていく。

「ははは。金貨を二千枚ですぞ！　さすがに支払えるわけ……ある？」

金貨の袋をカウンターテーブルに山積みになっていくのを見て、奴隷商人はポカンと口を開けた。

ルーカス様も驚き、言葉が出ない様子だ。

「お確かめください。金貨二千枚です」

奴隷商人が驚き、ルーカス様を見る。

私を王宮へ連れ戻すため、支払えるはずがないと思って毎月の支払いを三百枚に設定したのだろうけど、こちらの売り上げはそれをはるかに上回っていた。

空っぽになった金庫を見て、フランが泣きそうな顔をしている。

でも、私は気にしていない。

「フランは私の大切な仕事仲間です。奴隷ではありません！」

きっぱりルーカス様と奴隷商人に告げた。

「金貨二千枚は、フランが私と一緒に働いて稼いだお金です。このお金は私だけのものではありません」

奴隷が自由になるには、自分の借金分を支払う必要がある。奴隷としての仕事の他に働く時間を取れない奴隷たちが、お金を貯めるのは不可能に近い。

「サーラ！　これ、鍋の売り上げ全部じゃ……。新しい魔道具だって作らなきゃいけないのに、全部使ってどうするんだよ！」

フランが震える声で、私に言った。

「さっきフランが運んできてくれた魔石の売り上げも入っていますよ」

金貨二千枚にギリギリ足りなかったので、フランが拾ってくれたくず石を【研磨】し、魔石にして雑貨屋に売った。

つまり、これは私の店の全財産だ。

「フランの自由証明書をください。ルーカス様も聞いていらっしゃいましたよね？」

呆然としている奴隷商人と違って、ルーカス様のほうはすぐに我に返り、金貨の山を見て笑っていた。

「渡してやれ。二千枚と言ったのはお前だ」

「も、申し訳ありません」

奴隷商人に向けた冷ややかな目に、ルーカス様の本性がちらりと見えた気がした。外見こそ優しげに見えるけど、中身は違う。自分にとって使えない人間は、あっさり見捨てて切り捨てる。

この失敗をルーカス様が不問にするとは思えない。奴隷商人にもなんらかの罰《ばつ》を与えるはずだ。

青い顔をした奴隷商人は、自由証明書をフランに渡す。

フランは奴隷身分から解放され、自由になれたのだ。

「フラン！　これで一緒にお店を続けられますよ！」

嬉しくて、フランをぎゅっと抱きしめた。

もふもふした耳は、お日様の匂いがする。

「サーラ……。これから、どうするんだよ。おれのために全部お金を使って……」

泣きながら私にすがりついたフランの姿は、十二歳の子供らしく、あどけない。

「いいんです。鍋はこれからも作りますし、お店だって順調です。また稼げばいいんですよ」

私がフランの頭をなでていると、それをルーカス様がジッと見つめていた。

「ルーカス様。もう私に用事はありませんよね。お引き取りください」

そして、もう二度と来ないでくださいと心の中でつけ足した。

ルーカス様が来ると、ろくなことがない。

「やっぱり君は変わったな」

「そうですか？」

「以前の君は周囲に言われるがまま、誰にも逆らうことはなかった。運命を受け入れて、静かに生きていたよね」

——なにが運命を受け入れて静かに生きていた、よ！

ルーカス様に詰め寄り、怒鳴りたくなる衝動をなんとか抑えた。

聞こえはいいけど、『浮気をしても文句一つ言わない便利な妻』だと言ったのと同じ。

相手が王子でなければ、平手打ちしていたかもしれない。

「私は新しい人生を歩むことに決めたんです」

これは、ルーカス様とソニヤへの宣戦布告だ。

私に嫌がらせをし、フランを傷つけ、サーラを裏切った二人を許さない。

「魔道具師として、自立する道を見つけたってわけか」

「そうです」

私から宣戦布告されたことにルーカス様も気づいたようだけど、いつもと変わらない笑顔を浮かべている。ただし、目は少しも笑っていない。

余裕を失くしたルーカス様は、ついに本心を晒《さら》した。

「潰《つぶ》しがいがあるよ」

最初からそのつもりでいたのだろうけど、私にはっきり告げたのは初めてだ。

「サーラ。喜んでいられるのも今のうちだけだ。いつまで店を続けられるか、見ものだな」

そう言い捨てると、ルーカス様は私たちに背を向け、一度も振り返らずに店から出ていった。奴隷商人も慌てて逃げていく。

馬車の車輪と馬の蹄《ひづめ》の音が遠ざかり、裏通りは静けさを取り戻した。

窓辺に鳥がやってきて、平和なさえずり声が聞こえてくる。

「フラン。私たち、お店の危機を乗り切ったみたいですね」

「うん……」

フランは自分の身の上に起こったことがまだ信じられないようで、ぼうっとしていた。

支払いを終え、金庫は空っぽだ。

でも、裏通りの人たちが火の魔石のお礼にと、毎日のように野菜や肉が届けてくれるから食料庫はぎゅうぎゅうだった。

冷蔵庫も冷凍庫も開発できていないため、食べ切れない分は保存食を作って保管しなくてはならない。たくさんの食料を長い時間冷やしておくには、上級クラスの氷の魔石が必要になる。それでは庶民の手が届かない、高価なものになってしまう。

今の私が目指すのは、裏通りのみんなが気軽に使える便利な魔道具である。性能がよくても、高価すぎて手が出ないのでは意味がない。

なので、食料は早めに使うに限る。

「フラン。今日はお祝いにごちそうにしましょう。新メニューを作りますよ！」

「新メニュー？」

「みんな大好きハンバーグを作ります」

「ハンバーグ？　この間言ってた、美味《おい》しいやつ？」

「そうです。美味《おい》しいやつです」

すでにハンバーグソースは研究済みで、とろりとした甘辛なソースを鍋に作ってある。後はメインのハンバーグを作るだけ。

チャキッと包丁を構えた。

これは試作品の包丁で、金属に風の魔石を溶かした特別製である。

ニルソンさんに頼んで作ってもらったのだ。

「なんと！　これは野菜と肉を一瞬で細かくしてしまう便利な包丁なんです！」

牛肉と豚肉を取り出して骨を取り除き、特別製の包丁を構えた。

驚くべきことに、包丁で肉を数回叩いただけで、あっという間にミンチになる。

次は玉ねぎをみじん切りにする。

これも一瞬である。

「ふっ……。瞬殺でしたね。私の手にかかればこんなものです」

まさに、魔法を使った気分だ。

「肉と野菜を細かく切っただけじゃ……。これ、売れるの？」

「わかってないですね。家事をする者は、こういう便利グッズ的なものを見ると、つい買ってしまうんですよ」

「それ、無駄遣いって言わない？」

「違います。使っても楽しいんです」

フランの食いつきが悪いのが残念だけど、私はどんどん食材をみじん切りにしていく。

「フラン。クラゲ精霊ちゃんにお願いしてリアムを呼んでもらえますか？　傷の手当てのお礼も兼ねて、夕食に誘おうと思うんですけど……」

「わかった」

実は私にはまだ連絡方法がよくわからない。けれど、フランはわかるらしく、クラゲ精霊ちゃんに語りかけていた。

「連絡したよ」

「ありがとうございます。それでですね、フラン。今後のお給料についてなんですが……」

「給料？　おれに金貨二千枚も使っただろ？　まずはそれを返すよ」

包丁で細かくなった肉と野菜、牛乳に浸《ひた》したパンと卵をボウルに入れて、力強くこねる。塩とコショウを忘れていたので、それも追加し、フランに言った。

「金貨二千枚は、私だけで稼いだお金じゃありません。フランがいたから、お店も工房もうまくいったんです」

鍋が完成したのだって、私だけの力じゃない。

フランがいてくれたからこそだ。

「でも、あんな大金をもらうわけには……」

「じゃあ、こうしましょう。私がオーナー兼工房主で、フランを店長として雇用する。そういうポジションでどうですか？」

「お、おれが店長？」

「私には【修復】の仕事もありますし、【研磨】して魔石の補充もしなくてはなりません。工房の仕事で手一杯です」

それだけじゃない。これからは新商品の開発もある。

魔道具師として認められるためには色々な魔道具を開発し、商品を増やしていかなくてはならない。

「フランには毎月、店長としての給料を支払います。仕事の内容は今まで通りです。どうですか？」

「サーラがおれでいいって言うんなら、店長として頑張るよ！　今よりずっと頑張る！」

「では、雇用契約成立ですね！」

私とフランは握手した。

そして、フランの前に契約内容の詳細を書いた雇用契約書を置く。

この契約書も、商人ギルドの承認印が入った公式なものである。

そこには契約が双方に平等なものであると共に、違反があれば商人ギルド立ち会いのもと話しあいによって解決する、違反が悪質なものであれば、罰金《ばっきん》の支払いや商人ギルドからの追放などのペナルティが科せられる、といった内容が書かれていた。

奴隷商人のもとで文字を学んだフランは契約書を読むことができる。契約書を持ち、肩を震わせて感動していた。

「これ、ちゃんとした契約書だ……！」

フランはぎゅっと羽ペンを握り、緊張気味にサインをする。

「おれが店長になっても、サーラに会いに来るお客もいるから、店に顔を出してもらってもいいよね？」

「もちろんです。フランならそれも見極められるでしょうから、お任せします」

フランは記憶力がよく、人の顔と名前をすぐに覚えることができる。なにより、細かいところに気がつくし、親切で話しかけやすい。

安心して店を任せられる。

「給料がもらえるなんて、信じられないや」

フランは嬉しそうに笑って、耳をぴょこぴょこ動かしていた。

「正当な報酬《ほうしゅう》です」

「サーラ、ありがとう。おれ、お金を貯めて家族を取り戻すよ！」

お給料があれば、それも夢じゃないとわかり、フランは拳を握りしめた。

「目標があるっていいですね。私も一緒に、フランの家族を助けるお手伝いをさせてください。いつか獣人国にも行ってみたいですし、フランの家族にも会いたいです」

「うん。おれが案内する」

「楽しみにしてます。そのためにも、もっとがっつり稼ぎましょうね！」

「もちろんだよ」

私たちの目標が決まったところで、鉄板もちょうど温まってきた。

熱々の鉄板に牛脂をのせて溶かし、成形したハンバーグが崩れないようそっと鉄板の上に置く。

肉が焼ける香ばしい匂いが漂《ただよ》いはじめ、お腹がぐうっと鳴った。

「これがハンバーグ……。すごく美味《おい》しそうだ」

「絶対、美味《おい》しいですよ！」

私とフランは微笑みあい、いそいそとお皿を準備した。

ちょうどいい感じに焼けてきたところで、バンッと店のドアが開いた。

「おい！　なにがあった！」

血相を変えて家の中に飛び込んできたのは軍服姿のリアムだった。まだ仕事中だったのかもしれない。

そんなリアムが最初に目にしたのは、ヨダレが垂れそうな顔をした私とフランである。

私たちの緊張感のない顔を見て、リアムはしばらく固まっていた。

「……聞いてもいいか？」

「いいですけど、まずは椅子に座ってください。今日はちょっとしたパーティーなんですよ」

「パーティー？　わざわざ鉄板まで用意して、また火の魔石を使っているのか？」

ビーフシチューに引き続き、我慢できずに価格の高い上級クラスの火の魔石を調理に使ってしまう私は食いしん坊。

金貨二千枚にギリギリ届かず、魔石を売るはめになった原因はこれ……

でも、わかってほしい。

この世界の調理は私にとって火力調整が難しいのだ。その点、魔石を使えば魔道具師としての知識があるため、だいたいわかる。

上級クラスの火の魔石は強火から弱火まで調節できて扱いやすい。買って悔いなしである。

「フランが店長に就任したお祝いです。ちょっと豪華な夕食にしたので、リアムも呼んだんですよ」

「サーラ。リアム様が想像するパーティーのイメージってさ、広間でダンスを踊るやつかも。すごい豪華なやつじゃないかな」

「あっ！　そうですね」

リアムは私にとって、自分の正体を知る唯一の人で、なんでも相談できる相手だからか、王子であることを忘れてしまう。私にとっては親鳥と雛鳥の関係だ。

「王子様って、どんな生活なんですか？」

「話を逸《そ》らすな」

怒りながらもリアムは素直に椅子に座った。

ごちそうパーティーに招待されたのは、嫌ではなかったらしい。

——これはデレ？

ツンだけかと思っていたけど、意外と可愛いところがある。

早くハンバーグを食べたいフランは落ち着かない様子で、鉄板から目を離さなかった。狼獣人だけあって肉好きである。

「話を逸《そ》らしたわけじゃないんですけど、リアムが聞きたいことってなんですか？」

リアムは額に手をあて、ため息をついた。なんだかお疲れモードだ。

「なぜ、お前は緊急時に連絡しない？　精霊を使って連絡するのは食事に誘う時だけか？　どう考えてもおかしいだろ？」

「出来立てを食べてもらおうと思って急いで連絡をしたので、驚きましたよね。すみません。次は前もって誘います」

「なにが出来立てだ。土地使用料の支払い日に俺を呼ぶからなにがあったのかと……！」

「それは順調に済みました」

「知っている。兄上が帰る間際になにか罠《わな》を仕掛けたのかと思っただけだ」

さすが血の繋がった弟は、ルーカス様の性格をよくわかっている。

それにリアムはクラゲ精霊ちゃんを使って見張っていたのか、すでに支払いが終わったことを知っていた。

——もしかして、クラゲ精霊ちゃんから見てた？

ちらりとクラゲ精霊ちゃんを見ると、勤務時間は終わったようで、暖炉《だんろ》の上でスヤスヤ眠っている。

「兄上になにか言われなかったか？」

「うーん……。潰《つぶ》しがいがあるって言われましたけど、今日はそれ以上なにもありませんでした」

「今後のために言っておく。呼ぶタイミングはそこだ」

「なるほど。わかりました」

わかったけど、もう過ぎたことだ。

リアムが深いため息をついた。

――これはまずい、まずいですよ。お説教モードじゃないですか？

引き続きお説教されそうな雰囲気に気づき、鉄板を眺《なが》めた。

大きなハンバーグには香ばしい焼き色がついている。フライ返しですくって、リアムの皿にドンッとのせる。

「ほーら、焼けましたよ！　勝利のハンバーグをどうぞ！」

「なにが勝利だ。俺はお前に対して心が折れている。敗北だ」

「えっ！　リアム様が敗北？」

フランが驚いていたけど、リアムは否定しなかった。

その代わり、リアムはハンバーグを前にしてもお説教タイムに突入しようとしている。

ハンバーグでは誤魔化《ごまか》されない男、リアム。

――では、これでどう？

甘辛ソースを熱々ハンバーグの上にかける。

「このソースを作るのが一番大変でした」

「大変だったのはソースじゃなくて俺だ」

お小言続行中。親鳥の心を忘れないのはありがたいけど、ハンバーグが冷めてしまう。

「うわあ。これ、すごく美味《おい》しいよ！」

「そうでしょう。どんどん焼きますね。野菜もどうぞ」

ハンバーグに焼き野菜を添えると、リアムは静かになって、ソースを絡めて焼き野菜を食べはじめた。

黙々と野菜を食べて、次はハンバーグを恐る恐る口にする。どうやら、ハンバーグという未知の食べ物を警戒していたようだ。

「うまい……」

「おれ、何個でも食べられるよ」

フランの皿に二個目のハンバーグを置く。さらに、その上には目玉焼きをのせた。

「うわあああ！　サーラ、これってごちそうすぎるよ！」

「半熟の黄身を潰《つぶ》してソースに混ぜて、ハンバーグに絡めてもいいですよ？」

さらに私はパンとレタスとトマトを用意し、焼き上がったハンバーグをとろりとしたソースに絡め、目玉焼きとベーコンを加える。

「三個目はパンに挟んでどうぞ。ハンバーガーという食べ物です」

「これが、はんばーがぁ？　貴族って、こんな美味《おい》しい物を食べてるんだね」

フランは純粋な瞳で私を見つめ、目をきらきら輝かせた。

「えっ……？　貴族の食べ物？　ど、ど、どうでしょうかね……？」

貴族の食べ物というより、異世界の食べ物である。ソースもできる限り向こうの世界の甘辛なケチャップソースに近づけたから、もう完全に異世界料理。

返事に窮《きゅう》する私を見て、助け船のつもりなのかリアムが話を逸《そ》らした。

「フランが自由になれたのはよかったが、油断はするな。兄上は自分の所有物を奪われることを嫌う」

フランはリアムの話を聞いて、ごくんっとハンバーグを呑み込んだ。

私も華麗なフライ返し捌《さば》きを止め、リアムの顔を見る。

「所有物って、妻は所有物なんですか？　それに、ルーカス様とはもう別れているんですよ？」

「王宮のしきたりでは、一度妃になった者は離縁されても王家から逃れることはできない。離宮へやられるか王宮の隅で暮らすか、どちらかだ」

それはたしかに、何度か聞いた話だ。私は本来、王宮から出られる身ではなかった。

それを考えたら、うまく逃げられたと思う。なにもしなければあのまま王宮で暮らし、ルーカス様やソニヤと毎日顔を合わせていたのかと思うとゾッとする。

「子供の頃、兄上は古くなっていらなくなった物でさえ俺の手に渡るのを嫌がり、粉々にして捨てた」

「こっ、粉々にして捨てた……？」

ルーカス様は穏やかで人当たりがよさそうに見えるけど、本性は違う。

あの笑顔の裏にある闇の深さに寒気を覚えた。

「だから、俺はなるべく誰とも関わらないようにして生きてきた」

リアムはハンバーガーをナイフとフォークで美しく食べる。その所作を見て、やっぱり、リアムは王子なんだと思った。

ルーカス様と同じ、ヴィフレア王国の王子だという事実。

「兄上が俺を嫌う一番の理由は、王位継承権にある。俺に次期国王の座を奪われるんじゃないかと、恐れているんだ」

——ルーカス様はまだ、次期国王に決まっているわけではないの？

それは、リアムにも次期国王となる可能性があるということを意味していた。

「ヴィフレア王国の王位継承は、生まれた順番で決まるものではないんですね」

「いや、普通は第一王子が継承するものだ。だが、父上は迷われている」

幼い頃から天才魔術師として名を馳《は》せていたリアム。今は魔術師のトップである宮廷魔術師長である。

その上、氷の中に閉じ込められていた私を助けたことで、リアムの名声はさらに高まった。

国王陛下がリアムに王位を譲りたいと考えてもおかしくない。でも、慣例に従うのならルーカス様が次期国王だ。

王立魔術学院時代、ルーカス様がモテモテだったのは令嬢たちが未来の王妃の地位を狙っていたからだ。

誰が選ばれるか、ハラハラとドキドキのドロドロした女の戦い。

——もしかして、サーラは王妃争いに巻き込まれただけなのでは？

そもそも、ルーカス様にサーラを正妃にする気があったかどうかも疑わしい。

サーラが【魔力なし】でなければ、事件を揉《も》み消すのは容易ではなかったはずだ。

私はこの国が、【魔力なし】でも認められ、馬鹿にされない国であってほしいと思う。

この先、そんな国になれたら——

「リアムは王様になりたいと思っているんですか？」

「どうだろうな。王家に生まれたからには、国を守る責任と義務がある。王族としての特権は、意味もなく与えられているわけではない」

表情を変えないリアムの本心は、私にはわからなかったけど、自分が王になる可能性はゼロではないと思っているらしい。

リアムはきっと私以上に、いろいろ考えている。

「そろそろ帰る。思ったより、うまかった」

リアムは立ち上がり、黒いマントと手袋をつけて帰り支度をする。

フランが先に玄関まで走っていって、店先のランプをつけて道を明るく照らした。

私も見送りのために椅子から立ち上がった。

「リアム、気をつけて帰ってくださいね」

「気をつけろか。俺にそんなことを言うのは、お前くらいだ」

たしかに、ヴィフレア王国最強の天才魔術師を襲う命知らずはいないだろう。

それでも、私にはリアムが遠い存在に思えなかった。

どんなに忙しくても、呼べば律義《りちぎ》にやってきてくれる。

本当は誰よりも優しい人だ。

「店を続けられるようになって、よかったな」

「はい。なんとか乗り越えられました」

「そうだ。祝いがいるか……」

リアムはぽつりと呟き、店先のランプを見つめ、眩しげに目を細めた。

「俺から祝いの品を贈ろう」

ポケットから魔法陣を取り出し、リアムが精霊の名を呼ぶ。

「【炎の運び手《エルドゥル》】」

パチンと指を鳴らすと、炎のような赤い髪と瞳をした男性が暗闇の中から現れた。人ではないと一目でわかる――火属性の上級精霊だ。


【炎の運び手】

『それは贖罪《しょくざい》。神に背き人に火の恩恵《おんけい》を与えた。だが、彼が犯した罪は永久に消えない』


指先に炎、瞳には揺らめく火、その存在は夜の闇を焼く。

彼が夜空に指を向けた瞬間、空に流れ星が幾筋も流れた。

「サーラ、見て！　凍ってた火の魔石が……！」

フランが窓際にあった火の魔石を持って走ってきた。

凍りついていた火の魔石が光を取り戻し、赤くきらめく。

外に出てきたフランは空を見上げて感嘆の声を上げた。

「うわぁ……。流れ星がたくさん……」

「とても綺麗ですね」

火の精霊【炎の運び手】によって凍った魔石が溶けていく。

それは魔法ではなく、魔術を使った大がかりなものだった。

ルーカス様とソニヤが興味を失った今だからこそできたことだ。もし、あの時すぐに魔石を元に戻していたら、リアムから力を借りたとして、大騒ぎしていただろう。

いつでも氷を溶かせるようにリアムは魔法陣を持ち歩き、魔術を使う機会を狙っていたのだ。

リアムは貴族だけじゃなく、この国に暮らす人々のことを考えている。

【魔力なし】も獣人も対等な立場で扱ってくれるリアム。

リアムが王様になったなら、ヴィフレア王国は変われる気がする。

私は夜空を見上げ、両手を胸の前に組んで目を閉じた。

——リアムが王様になってくれますように。

流れ星がたくさん降る夜空に、そんなお願い事をした。

この作品に対する皆様のご意見・ご感想をお待ちしております。

おハガキ・お手紙は以下の宛先にお送りください。

【宛先】

〒150-6019 東京都渋谷区恵比寿 4-20-3 恵比寿ｶﾞｰﾃﾞﾝﾌﾟﾚｲｽﾀﾜｰ 19F
（株）アルファポリス　書籍感想係

メールフォームでのご意見・ご感想は右のＱＲコードから、
あるいは以下のワードで検索をかけてください。

アルファポリス　書籍の感想　検索

ご感想はこちらから

本書は、「アルファポリス」（https://www.alphapolis.co.jp/）に掲載されていたものを、
改稿、加筆のうえ、書籍化したものです。

離縁《りえん》された妻《つま》ですが、旦那様《だんなさま》は本当《ほんとう》の力《ちから》を知《し》らなかったようですね？

魔道具師《まどうぐし》として自立《じりつ》を目指《めざ》します！

椿蛍（つばき ほたる）

2024年 12月 5日初版発行

編集－渡邉和音・森 順子
編集長－倉持真理
発行者－梶本雄介
発行所－株式会社アルファポリス
〒150-6019 東京都渋谷区恵比寿4-20-3 恵比寿ｶﾞｰﾃﾞﾝﾌﾟﾚｲｽﾀﾜｰ19F
TEL 03-6277-1601（営業） 03-6277-1602（編集）
URL https://www.alphapolis.co.jp/
発売元－株式会社星雲社（共同出版社・流通責任出版社）
〒112-0005 東京都文京区水道1-3-30
TEL 03-3868-3275
装丁・本文イラスト－RIZ3
装丁デザイン－AFTERGLOW
（レーベルフォーマットデザイン－ansyyqdesign）
印刷－中央精版印刷株式会社

価格はカバーに表示されてあります。

落丁乱丁の場合はアルファポリスまでご連絡ください。

送料は小社負担でお取り替えします。


ISBN978-4-434-34888-4 C0093